# कागा सब तन खाइयो

## पंजाब की पाँच अमर प्रेम कहानियाँ

# कागा सब तन खाइयो

## पंजाब की पाँच अमर प्रेम कहानियाँ

गुरबख़्श सिंह

राजकमल प्रकाशन

ISBN : 978-81-19159-64-2

**मूल्य :** ₹495



**पहला संस्करण :** 1974
**दूसरा संस्करण :** 2023

**प्रकाशक :** राजकमल प्रकाशन प्रा. लि.
1-बी, नेताजी सुभाष मार्ग, दरियागंज
नई दिल्ली-110 002
**शाखाएँ :** अशोक राजपथ, साइंस कॉलेज के सामने, पटना-800 006
पहली मंजिल, दरबारी बिल्डिंग, महात्मा गांधी मार्ग, प्रयागराज-211 001
वेबसाइट : www.rajkamalprakashan.com
ई-मेल : info@rajkamalprakashan.com

**मुद्रक :** बी.के. ऑफसेट
नवीन शाहदरा, दिल्ली-110 032

KAGA SAB TAN KHAIYO
*Short Stories* by Gurbaksh Singh

कागा सब तन खाइयो
चुनि-चुनि खाइयो मांस
दुइ अँखियाँ मत खाइयो
पिया मिलन की आस

# क्रम

# हीर-राँझा

झनाँ दरिया लहराता हुआ बह रहा था। उसके उस पार सियालों का गाँव था। एक दिन स्निग्ध-सी सुबह के समय, झनाँ के इस पार एक कश्ती आकर रुकी, जिसमें एक पालकी थी। पालकी की खिड़कियाँ चारों ओर खुलती थीं : रंग-बिरंगे रेशमी धागों से काढ़ी गई फुलकारियाँ खिड़कियों पर झूल रही थीं। उनके लहराते हुए सिरे हवा में उड़ते हुए पक्षियों की तरह कभी अन्दर जाते, कभी बाहर आते। कश्ती के एक सिरे पर दो स्त्रियों के साथ बैठा एक माँझी हुक्का पी रहा था।

एक छैल-छबीले नौजवान ने पास आकर माँझी से कहा, "मुझे उस पार जाना है।"

"नहीं जवान, यह कश्ती मुसाफिरों के लिए नहीं है।"

"तो किसके लिए है?" नौजवान ने फुलकारी के उड़ते हुए किनारों में से ध्यान से अन्दर देखने का यत्न किया।

"यह हमारे मालिक की बेटी की अपनी कश्ती है। मुसाफिरों की कश्ती साँझ को जाएगी।"

"मुझे जल्दी जाना था," नौजवान ने चिन्तित होकर कहा।

"तो कोई और इन्तजाम कर लो। इस कश्ती में तो जा नहीं सकोगे," माँझी ने कहा और हुक्के का एक लम्बा कश खींचा।

"अच्छा, फिर, ईश्वर रखवाला है।" नौजवान ने तहमद और कुर्ता उतारकर सिर पर लपेट लिये।

माँझी हुक्का एक तरफ हटाकर उठ खड़ा हुआ।

"न न, जवान, ऐसा न करना। यह है झनाँ राजा, तुम्हें शायद रावी-आवी में तैरने की आदत होगी।"

"झनाँ तो झनाँ सही, आखिर डुबो ही तो देगा?" नौजवान किनारे की ओर चल दिया।

माँझी ने आगे बढ़कर उसे बाँह से पकड़ लिया। और भी दो-चार व्यक्ति वहाँ आ गए। सभी ने उसे रोका। पर वह कहे जा रहा था, "तैयार हो चुका हूँ तो कूद लेने दो मुझे। ईश्वर रखवाला है, किसी-न-किसी तरह पहुँच ही जाऊँगा उस पार। कौन सारा दिन यहाँ बेकार बैठा रहे।"

माँझी उसे उन लोगों के हवाले करके कश्ती में आया।

"कहाँ हो, बीबी रानी?" एक खिड़की पर से फुलकारी उठाकर उसने कहा।

"इधर हूँ, लुड्डन। मैं देख रही थी कि किस तरह लहरें एक-दूसरी के पीछे बेतहाशा भागती हुई मेरे पास आती ही जा रही हैं। पर तुम्हें साँस क्यों चढ़ा हुआ है?"

"कोई नौजवान है बीबी, बहुत ही सुन्दर। लगता है, घर से लड़कर आया है। कहने लगा, कश्ती में बैठा लो। मैंने नाँह की तो लहरों में कूद पड़ने लगा। वह जरूर डूब जाएगा, बीबी! कहो तो कश्ती में बैठा लूँ।"

"बैठा लो। अपने ही पास बैठा लो।" युवती ने कहा और झनाँ की लहरों के साथ अपने दिल की लहरों का मुकाबला करने लगी। उसने अपनी सुर्ख घाघरी की ओर देखा, अपनी जामनी कुर्ती की ओर देखा, फिर तरबूजी दुपट्टे के सिरे हाथों में पकड़े, पाँवों के रंगीन नाखूनों की ओर देखा और बाँहें फैलाकर

अँगड़ाई ली। अलसाये हुए शरीर की रेखाएँ जैसे तन गईं, और जवानी के दो ज्वालामुखी जैसे सूरज को चुनौती देने लगे।

कश्ती चल पड़ी तो हवा में बँसरी की लय गूँजने लगी। बहुत मधुर थी वह लय! नहीं, वह तो जैसे प्राणों को छूती थी। युवती ने दूसरी खिड़की पर से फुलकारी उठा दी।

लुड्डन चप्पू चलाता सिर हिला रहा था और उसकी दोनों पत्नियाँ बैठी झूम रही थीं। बँसरी के छेदों में से कोई जादू फूटकर निकल रहा था।

यह मस्ती कैसी थी! युवती को पता नहीं था कि वह क्यों और कब आती है, यद्यपि कई अपरिचित रूपों में ऐसी ही मस्ती की हिलोर उसने महसूस की हुई थी। जब मेहँदी रँगे हाथ-पाँव मारती हुई वह सहेलियों के संग झनाँ में तैरा करती थी तो सफेद झाग में चिनगारियाँ उड़ती हुई देखी गई थीं। जब पाजेबों को छनछनाती हुई वह चलती तो उसके पाँवों को अपने सीने से लगाए रखने के लिए धरती को आहें भरते हुए सुना गया था। जब वह हँसती थी तो उसके सामने झनाँ की आवाज मद्धिम पड़ गई सुनाई देती थी। कभी जब वह 'धरकेनू' तोड़-तोड़कर अपनी सहेलियों के सीनों का निशाना बनाती हुई उन पर फेंकती, या हँसी-मजाक में चरवाहे लड़कों के सिरों में धप्प जमाती तो देखनेवाले कहते कि चूचक की लाडली बेटी, हीर का हुस्न धरती पर आसमानी दावत देने आया है, या कोई तारा धरती का मेहमान बनकर आसमान से उतर आया है।

सेज से उठकर युवती बँसरीवाले के पास आकर बैठ गई। नौजवान ने देखा तो उसकी आँखें किसी नशे से छलछला उठीं, और बँसरी उसके होंठों से अलग हो गई।

"परदेसी लगते हो? बजाये जाओ। बहुत सुन्दर बजाते हो!" युवती ने कहा।

बँसरी फिर होंठों से लग गई और उसमें से ऐसी लय निकली कि झनाँ भी तड़प उठा। साथ ही तीनों स्त्रियों के दिलों में भी कोई चीज तड़प उठी।

एक-दो धुनों के बाद युवती उसे अपनी पालकी में ले गई। खिड़कियों के आगे से फुलकारियाँ उठा दी गईं।

"बहुत प्यारी बँसरी बजाते हो।"

"इसके पहले मैंने कभी ऐसी नहीं बजाई। शायद झनाँ के कारण ऐसी बजा पाया हूँ।"

"तुम्हारा नाम क्या है?"

"नाम मेरा धीदो है, पर सभी राँझा, राँझा कहते हैं।"

"सुन्दर नाम है, राँझा। झाँजरों की तरह बजता है!"

राँझे के होंठ खिल उठे।

"अच्छा बताओ, राँझे, तुम आए कहाँ से हो और कहाँ जा रहे हो?"

"आया तो तख्त हजारे से हूँ, पर...बात बतानेवाली नहीं है।"

कश्ती ने हचकोला खाया, राँझा लड़खड़ा उठा। एकाएक युवती ने उसे सँभाला तो बाद में वह पछताई।

"मैंने तुम्हें खड़े ही रखा, बैठ जाओ," युवती ने तख्तपोश के एक कोने की ओर संकेत करके कहा। "तुम परदेसी, मैं तुम्हारे लिए परदेसन, तुम झनाँ पार करके चले जाओगे, मैं क्यों किसी को बताऊँगी?"

"यही तो बात है। मैं जाने के लिए नहीं आया हूँ। मैं हमेशा सियाल में ही रहूँगा।" नौजवान के चेहरे पर लजीली-सी आभा थी।

"वह तो हमारा गाँव है। तुम्हारा वहाँ कौन है?"

"यह न पूछो। बतानेवाली बात नहीं है यह।" राँझा युवती के पाँवों के नाखूनों पर मेहँदी द्वारा बनाए गए चाँद देखने लगा।

"अगर नहीं भी बतानेवाली, तो भी बता दो, मैं तुम्हारा कुछ बिगाड़ूँगी नहीं।"

"वादा करो, तुम मुझ पर हँसोगी नहीं!"

"ऐसी बात तो तुममें कोई दिखाई नहीं देती जिस पर हँसी आए, फिर भी चाहते हो तो वादा करती हूँ," युवती ने अपने दाएँ हाथ की अँगुली मोड़कर बाएँ हाथ की अँगुली में फँसाते हुए कहा।

राँझे ने कहना शुरू किया :

"बेटा मैं अच्छे घर का हूँ, मौजू चौधरी का। पर माता-पिता का लाड़ला होने के कारण मस्त रहता था। सात भाइयों ने जमीन बाँटी तो बंजर खेत मुझे दे दिए। जमीन की बात तो खैर इतनी बड़ी नहीं, पर भाभियों ने मेरा जीना हराम कर दिया था।"

"आखिर ढेर-सारी भाभियाँ जो हुईं तुम्हारी!"

"उनमें से एक को तो मैं बिलकुल ही समझ नहीं सका। कभी तोला, कभी माशा। ज्यादातर उसी की वजह से मुझे गाँव छोड़ना पड़ा।"

"कोई बदकिस्मत ही होगी, जो इतने सुन्दर देवर को घर में न रख सकी।"

"शक्ल से सुन्दर है। उस दिन उसने कपड़े भी बहुत सुन्दर पहने हुए थे। कहती थी, उसके पीर का दिन है। मैं भाइयों से झगड़कर घर आते ही बिस्तर पर पड़ गया था। उसकी तरफ देखा तक नहीं। बाकी भाभियाँ अपने पतियों का खाना लेकर खेतों में गई हुई थीं। और तब वह मुझ पर जैसे बरस पड़ी, 'राँझे, झाँझे कहीं के! भला घर आते ही तुम्हारे मुँह को ताला क्यों लग जाता है? बाहर एक पल भी तुम्हारी जबान आराम से नहीं बैठती। कुएँ पर बैठकर बँसरी बजाते हो और वहाँ आनेवाली औरतों पर जादू चलाते हो। हम जो तुम्हारी भाभियाँ हैं, सभी काली-कलूटी हैं क्या?'

"मैं उठकर बैठ गया और उसे खुश करने के लिए बोला, 'लो भाभी, भला तुम्हारे-जैसा कौन है? तुम तो यूँ ही नाराज हो गई हो। आज भाई ने मुझे हल पकड़ा दिया। मुझसे ठीक से नहीं चल रहा था। बहुत नाराज हुआ मुझ पर। यहाँ तक कि मुझे मारने के लिए तैयार हो गया।'

"पर उसका गुस्सा नहीं उतरा और उसने कहा, 'भाइयों का काम तुम्हें पसन्द नहीं, भाभियाँ तुम्हारी आँख के नीचे नहीं आतीं, देखूँगी जब तुम सियाल की हीर से शादी कर लोगे!'"

युवती मुस्कराई।

"हीर के हुस्न की चर्चा हमारे गाँव में भी है, पर सच पूछो तो भाभी की बात मेरे कलेजे में चुभ गई और मेरे मुँह से निकल गया, 'क्या पता, भाभी, संयोग की बात का।' यह सुनकर वह और भी बिगड़ बैठी। कहने लगी, 'तो जाओ फिर, बड़े संयोगवाले आए हो! कोई और ठिकाना कर लो अपना, हम नहीं कल से तुम्हें पकाकर खिलाएँगी। हाथ हम जलाएँ और तुम बँसरी बजाओ दूसरों के घरों में। आज तो खा लो, पर कल से हमारे घड़े में तुम्हारे लिए पानी भी नहीं होगा।'

"रात-भर भाभी के ये शब्द मेरे कानों में जैसे ठक-ठक बजते रहे। साथ ही अपने खयालों में मैं सियाल में जाकर हीर से शादी भी रचाता रहा। सुबह जब मेरी आँख खुली तो मेरे दिल में भाभी की बात चुभ रही थी—'हम नहीं कल से तुम्हें पकाकर खिलाएँगी।'

"मैं घबराकर उठा। अपनी लाठी और बँसरी ली और घर से निकल पड़ा। मस्जिदों में रात बिताता हुआ मैं यहाँ पहुँचा हूँ।"

"यहाँ तुम क्या करोगे?"

"हीर के गाँव में कोई काम ढूँढूँगा, और इन्तजार करूँगा शायद किस्मत मुझ पर मेहरबान हो ही जाए।"

"और अगर न हुई तो?" युवती ने मुस्कराकर पूछा।

"फिर भी दो बातों की तसल्ली मुझे होगी ही। एक, किसी भाभी की बात मेरे दिल को जलाएगी नहीं। दूसरी, शायद हीर कभी मेरी बँसरी सुन ले।"

ऊपर से देखने पर युवती अडोल दिखाई देती थी, पर उसके अन्दर एक हलचल-सी मची हुई थी। उसके रोम-रोम में प्यार की बिजली दौड़ गई थी।

"अच्छा राँझे, मेरा वादा है, तुम्हारा भेद किसी पर नहीं खोलूँगी। और काम खोजने में मैं तुम्हारी मदद करूँगी। हीर को तुम्हारी बँसरी भी सुनवा दूँगी। उससे तुम शादी कर सकोगे या नहीं, यह तुम्हारी और उसकी किस्मत की बात है।"

राँझा हीर के चेहरे की ओर देखने लगा और अपने मन से पूछने लगा, "क्या हीर इससे भी सुन्दर होगी?"

"बीबी, किनारा आ गया है," लुड्डन ने चप्पू रखते हुए कहा और फिर अपनी पत्नी से सख्त होकर बोला, "और खींचो, अपनी तरफ..."

मलक चूचक अपने काफी बड़े घर में बैठा हुआ अपनी पत्नी से उदास लहजे में बातें कर रहा था कि पशुओं की हालत बुरी है, कोई अच्छा चरवाहा मिल नहीं रहा है, भैंसें दूध कम देने लगी हैं, और लोगों की फसलों में घुसकर उन्हें खराब कर आती हैं।

इतने में हीर की पाजेबें छनकीं और वह आकर माँ की चारपाई पर बैठ गई।

"चरवाहा मैं ढूँढ़ लाई हूँ, माँ।"

"कहाँ से? अभी-अभी हम इसी बारे में बातें कर रहे थे।"

"और है भी बहुत अच्छा। मसल्ली नहीं, बल्कि जाट है कोई, अच्छे घर का।" हीर बेहद खुश थी।

"जाट कहाँ से आ गया, बेटी?"

"ईश्वर ने भेजा लगता है। घर में किसी ने कुछ कह दिया तो बात सहार नहीं सका, घर छोड़कर भाग आया। बड़ा गर्वीला है। कहता है, चाहे कुछ हो जाए, लौटकर घर नहीं जाऊँगा।"

माता-पिता ने देखा, राँझा शारीरिक तौर पर कुछ कोमल, पर जिद्द का बहुत पक्का था। उसे हवेली में रहने के लिए जगह दे दी गई। पशुओं से उसकी जान-पहचान हीर ने खुद करवाई, और उसे हौसला दिया कि वह उसे जंगल में ज्यादातर खुद ही खाना पहुँचाया करेगी और गाँव के दूसरे चरवाहों से भी उसकी जान-पहचान कराएगी।

राँझा दिन-भर जंगल में रहता। कुछ दिन पशुओं को सँभालने का काम उसे मुश्किल लगा—पर उसकी बँसरी ने सब मुश्किलें दूर कर दीं। वह बँसरी बजाता तो दूसरे चरवाहे उसके गिर्द घेरा डालकर बैठ जाते।

"अपनी भैंसों की तुम चिन्ता न करो; उन्हें हम सँभालेंगे, मजाल है जो कहीं से भी शिकायत आए। तुम बस हमें बँसरी बजाकर सुनाया करो।" सभी चरवाहे राँझे के आशिक हो गए थे।

जंगल बँसरी की आवाज से गूँजने लगा। कई किसान भी हल चलाने के बाद उसे सुनने के लिए वहाँ पहुँच जाते। जब दोपहर होती तो बँसरी को अपनी तहमद में टाँग लेता और कहता, "मेरा खाना आनेवाला है।"

हमेशा हीर ही उसका खाना लेकर आती, जो आमतौर पर उसने खुद ही बनाया होता। उस खाने में कैसी शक्ति थी! राँझा तगड़ा जवान बन गया था। कभी वह सामने बैठी हीर को हँसकर कहता, "अच्छा धोखा दिया तुमने मुझे! कश्ती में, बातों-बातों में मेरा सारा हालचाल पूछ लिया और खुद अपने-आपको छिपाए रखा।"

"सच बताओ राँझे, कश्ती में बैठी वह लड़की सुन्दर थी, या तुम्हारे सामने बैठी यह हीर?"

दूध-सी मीठी लस्सी का आखिरी घूँट पीकर राँझा मुस्कराता और कहता, "वह कश्तीवाली हीर, सचमुच बहुत सुन्दर थी, कोई परी लगती थी; पर यह सामने बैठी हीर बड़ी प्यारी है, मुझे अपनी लगती है।"

"जवाब नहीं तुम्हारा, राँझन! लाओ, मुझे अपनी बँसरी दो।"

हीर हमेशा बँसरी माँग लेती, या कभी राँझा खुद ही उसे दे देता। तब राँझा कहता, "हीर, यह बँसरी मेरे होंठों से लगी रहने के कारण मेरे होंठ ही बन गई है। जरा फूँक मारो तो इसमें, इसके छेदों में से तुम्हारे होंठ मुझ तक पहुँच जाएँगे।"

प्यार की पेंग पर झूलते हुए वे दोनों अपने-आपको भूल गए। राँझा भूल गया कि वह किसी का चरवाहा है, हीर भूल गई कि वह उसके मालिक की बेटी है।

हीर अब पहले से कहीं ज्यादा काम करने लगी। चौके-चूल्हे का आधा काम उसने माँ के हाथ से ले लिया था। कातने बैठती तो इस तेजी से कातती कि हैरानी होती। दूसरे घरों के चरवाहे हमेशा रोटी, कपड़े और रिहायश सम्बन्धी

शिकायतें किया करते, पर राँझा था कि जैसे घर का ही कोई व्यक्ति हो। उसने कभी कोई शिकायत नहीं की थी। भैंसें पहले से ज्यादा दूध देने लगी थीं। हीर की माँ गाँव के सभी घरों में दही-लस्सी भेजने लगी। दो व्यक्तियों के प्यार का सारे गाँव पर प्रभाव पड़ा। नौजवानों की शरारतें अब पहले-जैसी न रहीं। लड़कियाँ हीर के साथ काम में लग गईं। सब मिलकर एक साथ बैठतीं और चरखे काततीं।

हीर सारे घर की जान थी। अगर कभी वह एक-दो दिन के लिए कहीं बाहर चली जाती तो घर के नौकर उसके बारे में पूछने लगते। और अगर वह ज्यादा दिनों के लिए कहीं चली जाती तो नौकरों को खाना स्वाद न लगता। किसी को लस्सी कम मिली होती, किसी को प्याज माँगने पर इनकार हो गया होता।

दो साल बीत गए। अगर कोई हीर की शादी के बारे में उसके माता-पिता के पास अगर जिक्र करता तो माँ के दिल में यह सोचकर हौल उठता कि वह पराए घर चली जाएगी। और वह कहती, "मेरी हीर तो अभी बच्ची है। कई बार बिलकुल बच्चों की तरह आकर गले से चिपट जाती है।"

पर गाँव में—एक व्यक्ति ऐसा जरूर था, जिसे हीर की जवानी चुभती थी। वह था उसका लँगड़ा चाचा, कैदो। शुरू से ही लँगड़े कैदो ने कभी कोई काम नहीं किया था, और हर किसी की नुक्ताचीनी का निशाना बनाता रहता था। आखिर तंग आकर वह फकीर बन गया था। लोगों को ताबीज आदि देकर और कलाम-दुआ पढ़कर उसने अच्छा नाम पैदा कर लिया था। जो लोग उसके पास से गुजरते हुए हमेशा कोई-न-कोई नुक्ताचीनी किया करते थे, वे अब उससे सलाह-मशवरा लेने आते। सारे गाँव की नेकी-बदी का—ज्यादातर बदी का—वह खयाल रखता। लड़कियाँ उससे बहुत डरतीं।

दूसरे की खुशी कैदो को जहर लगती थी। कोई हँसता, उसका सीना चाक हो जाता। कोई किसी से गले लगकर मिलता, उसकी साँस घुटने लगती। कोई खुश होता, उसके चेहरे पर उदासी छा जाती। हर किसी के लिए यह एक

समस्या बन गई थी कि अपनी खुशी को उससे छिपाकर कैसे रखे। चूचक ने गाँव से बाहर उसे मकान बनवा दिया था। उस मकान के सामने ही वह जंगल था जहाँ राँझे की बँसरी गूँजा करती थी और वह प्यार का रास-घर बन गया था।

उस जंगल पर बहार आई हुई थी। कीकर फूलों से लदे हुए थे, करीर दूल्हे बने हुए थे। नदी का पानी निर्मल था, छायाएँ गहन थीं। पक्षियों के पंख चमकते थे। भैंसों के पेट भरे हुए थे और शरीर जगमगाते थे। कुदरत की इस हुस्नगाह में राँझे की बँसरी रह-रहकर आशिकों को बुलाया करती थी।

पर कैदो के अन्दर कुदरत की इस बहार ने किसी पतझड़ को जन्म दिया था। वह हमेशा इस प्रतीक्षा में रहता कि किसी के होंठों तक आए हुए प्रेम-प्याले को ठोकर मारकर नीचे गिरा दे। हीर खासतौर पर उसके अन्दर ईर्ष्या पैदा करती थी, पर हीर का प्यार किसी गहरी नदी की तरह था। उसकी गहराई में झाँकना आसान नहीं था।

एक दिन हीर जब कैदो के मकान के पास से गुजरकर जंगल की ओर गई तो कैदो को उसके पास से किसी पकवान की बहुत अच्छी खुशबू आई। वह लुक-छिपकर चलता हुआ उसके पीछे हो लिया।

फूलों से लदे हुए एक करीर की छाँव में राँझा बैठा प्रतीक्षा कर रहा था। हीर को देखते ही वह उठ खड़ा हुआ। जब हीर ने खाना उसकी ओर बढ़ाया तो राँझे ने उसकी दोनों कलाइयाँ पकड़ लीं।

"हीर, आज मैं एक बात करके ही खाना खाऊँगा।"

"क्यों, मेरा राँझन आज मुझसे नाराज है क्या?"

"नहीं, बल्कि बहुत खुश हूँ। पर कभी-कभी दिल में कुछ होने लगता है।"

"आओ, बैठकर बातें करें। जो चाहो, कहो, मैं बाँदी हूँ तुम्हारी।" हीर ने खाना एक तरफ रख दिया। फिर वे दोनों आमने-सामने बैठ गए। हीर उसके और निकट हो गई।

"दो साल कब गुजर गए, मुझे पता ही नहीं लगा। पर अब रातें पहाड़ बन गई हैं। सोचता हूँ, क्या अन्त तक मैं भैंसें ही चराता रहूँगा?"

हीर ने उसका हाथ पकड़ लिया, "बोलो, राँझन, क्या चाहते हो तुम?"

"मैं जानना चाहता हूँ कि यह बहिश्त मेरा अपना है, या मैं किसी दूसरे के बहिश्त को देख रहा हूँ।"

हीर ने उसके गले में बाँहें डालकर कहा, "राँझे, खुदा के रूबरू मैं आज तुम्हारी हुई।"

"तब मैं उम्र-भर भैंसें चराता रह सकता हूँ।"

हीर ने खाना उसके सामने रखा। राँझे की इश्क-बेल पर आज पहला फूल खिला था। वह बहुत अरसे से जानता था कि हीर उस पर मेहरबान थी; पर सिर्फ मेहरबान होना उसकी इश्क-बेल पर बहार नहीं ला सकता था। इश्क सारा जीवन माँगता है। और हीर ने इश्क की माँग पूरी कर दी। उसने ईश्वर के सामने उसकी होने का प्रण दे दिया। राँझे ने बड़े स्वाद से चूरी खाई, जो हीर ने बड़े चाव से बनाई थी। आज उसकी प्यास बढ़ गई। लस्सी खत्म हो गई थी। सो हीर नदी से पानी लेने गई।

तभी एक फकीर कहीं से आ निकला। राँझे से उसने कुछ खाने के लिए माँगा। राँझे ने उसे चूरी दी तो शुद्ध घी-शक्कर की महक उसके सिर को चढ़ गई।

हीर पानी लेकर आई। जब फकीर को चूरी देने की बात का उसे पता लगा तो हाथ मलने लगी, "तुम दुश्मन की चाल में आ गए हो।"

"मैंने सोचा, कोई फकीर है। खाकर अच्छी दुआएँ देगा।"

"अच्छी दुआ इस फकीर ने कभी किसी को नहीं दी। अब कोई आफत आई समझो।" हीर उदास हो गई। राँझे ने उसकी बाँहें फिर अपने गले में डाल लीं।

"गलती हो गई, हीर! पर जब तुम मेरी हो तो ऐसी कौन-सी आफत है जो हम सहार नहीं सकते?"

उस रात हीर को माँ के गले में बाँहें डालने का साहस नहीं हुआ। उसे माँ बदली हुई लगी।

"हीर, तुम्हें बाप की दाहड़ी का भी खयाल न आया? ऊपर से कुछ हो और अन्दर से कुछ। आखिर यह क्या हो रहा है?" माँ एकाएक उन पर बरस पड़ी।

"आखिर बताओगी भी कि मुझसे क्या गलती हो गई है?" हीर ने संयम से पूछा।

"लानत है तुम पर। राँझे को तुम चूरियाँ खिलाती हो। कोई शर्म-हया है तुम्हें, जो उसके साथ जंगल में रँगरेलियाँ मनाती हो? मैं मानती नहीं थी। यही कहती थी कि मेरी बेटी ऐसी नहीं है। न ही हमारा चरवाहा ऐसा है।"

"माँ, इस तरह नाराज न हो। तुम्हारी बेटी ने कोई गुनाह नहीं किया है, कोई बेशर्मी-भरा काम नहीं किया है। कैदो चाचा को सारा गाँव जानता है।"

"उसकी बात मैंने कभी नहीं मानी, पर यह देखो, वह चूरी—बेहिसाब घी और शक्करवाली। इतना घी तो मैंने कभी तुम्हारे बाप को भी डालकर नहीं दिया।" माँ का गुस्सा कम नहीं हुआ था।

"हाँ, चूरी मैं बेशक लेकर गई थी, पर इसमें जो इतना घी दिखाई दे रहा है, यह चाचा कैदो का डाला हुआ है। मैंने तो रोटी जरा अच्छी तरह चुपड़कर शक्कर में गूँथ ली थी। दो साल हो गए हैं उसे घर से आए हुए। हमारे घर में उसने दूध की नदी बहा दी है। यह बात मुझे अच्छी नहीं लगती थी कि हम हमेशा दूध-घी खाएँ और वह कभी भी मुँह को न लगा सके। माँ, मैं खुद तुम्हें इस बारे में बतानेवाली थी।"

माँ हीर के चेहरे की ओर देखने लगी। वैसा ही था उसका चेहरा, बल्कि और भी मासूम, क्योंकि प्यार उसके अन्दर, कहीं गहराई में बसा हुआ था।

पर कैदो ने हीर के बाप को अपनी बातों में फँसा लिया। एक-दो और बूढ़ों ने भी उसकी हाँ-में-हाँ मिलाई और कहा कि कोई अच्छा-सा घर देखकर जल्दी ही हीर का रिश्ता कर देना चाहिए। बस फिर क्या था, नाई-डूम हर

तरफ भेज दिए गए। हर तरफ से खबरें आने लगीं। किसी घर की जमीन बहुत ज्यादा थी, किसी घर का लड़का यूसफ जैसा सुन्दर था। हीर के रिश्ते की चर्चा सारे गाँव में होने लगी।

आखिर रंगपुर के खेड़ों के यहाँ बात पक्की हो गई। अब हीर के दिल में हौल उठने लगे। उसने सोचा कि माँ को अपने दिल की बात बताए।

"इतनी बातें, माँ, तुम रोज मुझे कहती हो और मैं आगे से सुनती रहती हूँ। अगर सुनो तो एक बात मैं भी कहूँ?"

"कहो बेटी, अब तो तुम इस घर में कुछ दिन की मेहमान हो।"

"तुम चाहती हो कि लड़का अच्छे घर का और काफी जमीन का मालिक हो। मैं कहती हूँ कि राँझा सब बातों में पूरा है। ध्यान से सुनना मेरी बात माँ," हीर ने आर्त स्वर में कहा।

"फिर वही बातें! तो कैदो सच ही कहता था।"

"नहीं माँ, वह झूठ बोला था। तब मैंने तुम्हें यही कहा था कि न मैंने और न राँझे ने कोई बात बेशर्मीवाली की है। अब बात है रिश्ते की। अगर राँझा अच्छे घर और अच्छी जायदाद का मालिक हो तो मुझे अच्छा लगने के कारण वह बुरा क्यों बन जाए?"

"पर है तो वह हमारा चरवाहा ही न?"

"वह चरवाहा न बनता, अगर उसे आप लोग उसके भाइयों के साथ जा लेने देते, जबकि वे उसे लेने आए थे। वह जा नहीं रहा था, क्योंकि उसे मैं अच्छी लगती थी। उसे आप लोगों ने जाने नहीं दिया क्योंकि उसने हमारी भैंसों का दूध-घी बढ़ाकर दुगना कर दिया था।"

माँ सोचने लगी, "यह बात सच है तुम्हारी कि हमने उसे जाने नहीं दिया था, क्योंकि उससे अच्छा चरवाहा हमें और कोई मिल नहीं सकता था।"

"तो फिर माँ, हिम्मत करो, मैं सारी उम्र तुम्हारे गुण गाऊँगी।"

हीर माँ के गले लगकर रोने लगी। माँ ने दिलासा दिया कि वह उसके पिता से बात करेगी।

पर उसका पिता और भाई सुनकर आगबबूला हो उठे, "चरवाहे के साथ शादी करने से पहले हीर को मार नहीं डालेंगे?" एक भाई ने कहा।

दूसरे ने कहा, "राँझे को झनाँ में डुबोकर उसका खात्मा ही क्यों न कर दिया जाए?"

"न न, मूर्खो, हीर भी उसके साथ डूब मरेगी।" माँ ने समझाया।

आखिर फैसला हुआ कि हीर की शादी के बाद राँझे से निबट लिया जाएगा।

खेड़ों के यहाँ से बारात आनेवाली थी। मुजरों और आतिशबाजी की बातें हर गाँव में हो रही थीं। पर घर में हीर और उसकी माँ रो रही थीं। कभी माँ बेटी को समझाती, कभी बेटी माँ के आगे मिन्नतें करती।

"माँ, औरत के दो खाविन्द नहीं हो सकते। सो मुझे खेड़ों के यहाँ भेजने का बखेड़ा न करो। मैं काजी से भी कह दूँगी कि खुदा के सामने मैं अपना वादा राँझे को दे चुकी हूँ।"

"अकल कर बेटी, अपने बाप की इज्जत खराब न कर।"

"इज्जत और बेटी, दोनों को ही तुम बचा सकती हो, अगर थोड़ी-सी दिलेरी करो तो।"

"तुम्हारे भाई बिलकुल नहीं मान रहे।"

"इज्जत की बजाय बेटी की मौत तुम लोग सहार लोगे?" हीर ने अपना सिर बाँहों में ले लिया और चुप हो गई।

कोई तरीका काम न आता देखकर हीर ने राँझे के गले लगकर अपना दिल उसके सामने खोलने का मौका ढूँढ़ लिया।

"राँझन, मैं औरत हूँ, मेरे बस में इतना ही है कि मैं डूबकर मर सकती हूँ, पर तुम्हें देखते रहने का अरमान अभी भी मेरे दिल में बाकी है। सो मैं मर नहीं सकती। मैं तुम्हारी हूँ, हमेशा तुम्हारी रहूँगी।"

"पर वे तुम्हें मेरी रहने नहीं देंगे!" राँझे ने आह भरी।

"फिर तुम्हीं बताओ, क्या करूँ? जैसा कहो, करने को तैयार हूँ। चाहो, तो मुझे यहाँ से भगा ले चलो। तुम्हारे साथ मैं हर चीज का सामना करने को तैयार हूँ।"

"सियालवाले हमें गाँव की हद भी पार नहीं करने देंगे।"

"तो फिर।" हीर ने उसके गले में बाँहें डालकर उसकी आँखों में झाँकते हुए कहा, "दिल खराब न करना, तुम्हें फिर मिलने की उम्मीद से मैं डोली में बैठ रही हूँ। तुम्हें पता है, झनाँ मुझे कितना प्यारा है। यह मुझे खेड़ों के पंजे से छुड़ा सकता है, पर इस तरह मैं तुमसे भी अलग हो जाऊँगी।"

"हीर, वादा करो कि तुम मेरा दिल कभी नहीं तोड़ोगी।"

हीर ने राँझे का हाथ अपने दिल पर रख लिया।

"वादा क्यों, मेरा दिल ही निकालकर अपने पास रख लो। खेड़ों के यहाँ मेरा सिर्फ बुत ही जाएगा। रोओ नहीं।" उसने उसके बालों पर हाथ फेरा, "खूबसूरत जुल्फोंवाले मेरे राँझन, मुझे याद रखोगे न?"

"कश्ती में, तुम्हारी सेज पर बैठना मैं कभी भूल नहीं सकूँगा। तब तुम मेरी हीर नहीं थी, मेरी उदासी की रात पर तुम पहली सुबह थीं। और उस सुबह के बाद जो रोशनी-भरा दिन चढ़ा, वह तुम हो मेरी हीर। तुम्हें मैं कैसे भूल सकता हूँ?"

"ओह राँझन! यह अपनी बँसरी मुझे दे दो।"

"ले लो, अब इसे कौन बजाएगा?"

"यह तुम्हारे होंठ हैं, राँझन, मेरी सूनी जिन्दगी से बातें किया करेंगे।"

हीर की डोली जा रही थी। खेड़े उस पर से रुपये फेंक रहे थे। लोग दौड़-दौड़कर उन्हें उठा रहे थे। राँझा उन भैंसों को हाँकता हुआ साथ-साथ जा रहा था, जो चूचक ने दहेज के रूप में हीर को दी थीं। राँझे के बिना वे चलती नहीं थीं। अपने विचारों में खोया हुआ राँझा डोली और भैंसों के पीछे-पीछे चला जा रहा था। डोली के 'सालू' हवा में उड़ रहे थे। पीछे की ओर का सालू कुछ ज्यादा ही उड़ रहा था। उसमें से हीर अपने राँझे को देख रही थी।

जब एक मोड़ पर उसका उदास चेहरा बहुत नजदीक से दिखाई दिया तो वह रो उठी। स्त्रियों ने सोचा कि हीर अपने माता-पिता की याद में रो रही है, और वे हृदयबेधक गीत गाने लगीं।

रंगपुर में बहुत रौनक थी। खेड़ों का बेटा, सैदे, हीर को ब्याह लाया था। हीर की सुन्दरता की खबरें दूर-दूर तक फैली हुई थीं। हीर, जिसकी बदौलत दरिया के किनारे पर और जंगल में बहार आ गई थी।

पर उसकी सास और ननद उसका उदास चेहरा देखकर चिन्तित होकर सोचने लगीं। देखनेवालों ने पूछा, "बहू को क्या हो गया है?" सास ने कहा, "रास्ते में सर्दी लग गई है।"

सैदे का चाव पूरा नहीं हुआ। एक दिन नहीं, कई दिन तक सेज खाली रही। हीर का इलाज होने लगा। खेड़ों ने उसे मायके भेजने का खयाल ही छोड़ दिया। राँझे के बारे में कुछ बातें उनके कानों में पड़ चुकी थीं।

हीर की ननद, सहती को उसके इस रोग की कुछ जानकारी थी। उसकी शादी भी कुछ समय पहले हुई थी। वह बहुत हँसमुख थी, पर ससुराल में जाने पर उसकी हँसी गायब हो गई थी। कभी-कभी कोई कह देता था, "सहती किसी बलोच की मुरादें माँगा करती है।"

सहती ने भाभी के दिल का भेद निकाल लिया। अपने मुराद की बातें करके उसने राँझे की बँसरी देख ली। आखिर एक-दूसरे की मदद के वादे हो गए।

दिल खोलकर राँझे की बातें करने से हीर को बहुत सुख मिला, पर वह स्वस्थ न हो पाई। अपने अन्दर उसने राँझे की अमानत सँभालकर रखी हुई थी। दिन-प्रतिदिन वह कमजोर होती गई। सैदे की चिन्ता बढ़ती गई। उसकी पूरी न होनेवाली आशा अब उसके दिल में एक टीस बन गई थी।

कोई कहता, हीर को किसी की बद-दुआ लग गई है। कोई कुछ कहता, कोई कुछ। और हर कोई अपने-अपने इलाज बताता।

उधर राँझे की हालत भी बुरी र्थ । हीर थी तो हर चीज अच्छी लगती थी। अब हर चीज उदास दिखाई देने लगी। चारों ओर वीरानी छा गई।

इस अरसे में हीर की ओर से कोई सन्देश भी नहीं आया। अपने गाँव तख्त हजारे की ओर से उसका मन उचाट हो गया था। नदी में डूबने को भी दिल नहीं चाहता था। बार-बार दिल में से एक आह उठती थी : 'कभी तो फिर मिलोगी, हीर!' पर दिल बैठ-बैठ जाता : 'मिलना अब मुमकिन नहीं है। मेरी वजह से ही उन्होंने हीर को मायके नहीं आने दिया है। कई महीने हो गए हैं।' पहले हर काम उसे अच्छा लगता था, क्योंकि सभी काम हीर के थे। अब काम से मन उचाट हो गया था। जिन्दगी रूखी और वीरान प्रतीत होने लगी।

इस बेचैनी में उसे बालनाथ जोगी के शान्त चेहरे का खयाल आया। घर से आते समय उसने रात जोगी के डेरे पर बिताई थी। वह मुसलमान था, तो भी जोगी ने उसकी बहुत खातिर की थी।

राँझे ने सोचा, अगर वह जोगी बन जाए तो? जोगियों को गाँव-गाँव, घर-घर घूमने की आजादी होती है। क्या पता, कभी हीर के साथ भी मुलाकात हो जाए। अगर न हुई तो भी हीर के वियोग में वह सच्चा जोगी बन जाएगा।

राँझे ने सियालों के यहाँ से विदा होकर बालकनाथ के चरणों में शरण ली। बालकनाथ ने बहुत समझाया-बुझाया कि जोगी बनना उस-जैसे सुन्दर जवानों का काम नहीं है, कदम-कदम पर डगमगाने का खतरा रहता है। पर राँझे ने उसे विश्वास दिलाया कि वह जोगी बनकर कभी उसे लाज नहीं लगाएगा, किसी की दौलत या स्त्री की ओर आँख उठाकर नहीं देखेगा। तभी हीर की याद उसे आई और उसने मन में कहा, 'हीर तो पराई औरत नहीं है, वह मेरी अपनी रूह है। उसने खुदा के सामने मेरी होने का वादा किया था।'

बालकनाथ ने राँझे के बाल काटे, कानों में छेद करके कुंडल पहनाए, और शरीर पर राख मल दी। राँझे ने फकीरी की अलख जगाई।

फकीरी वेश में भी राँझा बहुत सुन्दर लग रहा था। उसकी चर्चा दूर-दूर तक होने लगी। वह बहुत अच्छा जोगी समझा जाने लगा, जिसे न खाने का चस्का था, न धन-दौलत का आकर्षण, और जिसका मन हमेशा अपने महबूब के साथ जुड़ा रहता था। इससे उसकी आँखों में एक विचित्र-सी रोशनी दिखाई देती थी।

जब बालकनाथ ने समझा कि चेला पक गया है तो उसने उसे बाहर घूमने-फिरने की इजाजत दे दी। उसका जिक्र एक गाँव से दूसरे गाँव में पहुँचता रहा। आखिर एक दिन लोगों ने उसका डेरा रंगपुर के निकट एक बाग में लगवा दिया।

हीर ने भी उस अलबेले जोगी की बातें सुनीं। उसे देखने की लालसा उसके मन में बढ़ने लगी। सहती देख आई थी। उसने आकर बताया कि वह कोई अनोखा जोगी है, और उसके दर्शन करने से दिल को शान्ति मिलती है।

कुछ और लोगों ने भी बताया कि जोगी ने बहुत-से लोगों के रोग दूर कर दिए हैं। हीर की सास भी अपने बेटे की किस्मत देखकर उदास रहती थी, जो विवाहित होने पर भी कुँवारों का-सा जीवन बिता रहा था। स्त्रियों ने उसे सलाह दी कि वह अपनी बहू का हाथ जोगी को जाकर दिखाए। सहती ने भी हामी भरी।

ननद-भाभी जोगी के डेरे पर पहुँचीं।

जोगी के दर्शन करते ही हीर निढाल हो गई। सुन्दर जुल्फें सिर पैर से गायब थीं। उनकी महक उसने अपनी यादों में सँभाली हुई थी। कोमल कानों में कितने बड़े-बड़े कुंडल पड़े हुए थे! और जगमगाता हुआ जिस्म राख से लथपथ था। सिर्फ उसकी आँखों में रंगीन इश्क की चमक बाकी थी।

जोगी ने हीर की कलाई हाथ में ले ली और उसकी नब्ज पर रखी अँगुलियों ने एक सिहरन हीर के दिल में दौड़ा दी : "यह जोग नहीं है, हीर, यह वियोग है तुम्हारा।"

हीर ने आँखें उठाकर देखा। जोगी ने हँसकर आशीर्वाद दिया। बन्द द्वार खुल गए।

हीर के घर में खुशी छा गई। आज हीर को भूख लगी थी। आज उसका चेहरा इतना पीला नहीं था। सैदे ने कहा कि वह पीर की दरगाह पर 'सीरनी' चढ़ाएगा। हीर ने कहा, "जल्दी ही ठीक होकर मैं तुम्हारे साथ अपना ईमान पूरा करूँगी।"

"कोई बात नहीं, हीर, तुम ठीक हो जाओ। सारे घरवाले तुम्हें सेहतमन्द देखने की इन्तजार में हैं।"

दस दिन तक हीर और सहती जोगी के डेरे पर जाती रहीं। एक दिन हीर की कुर्ती के गले में से बँसरी का सिरा जोगी को दिखाई दिया। उसकी आँखें और भी चमक उठीं।

आखिर जोगी ने सहती से कहा कि वह मुराद को सन्देशा भिजवाए और उससे मिलने के लिए कहे क्योंकि इतवारवाले दिन वह वहाँ से चला जाने वाला था।

इतवार के दिन रंगपुर में शोर मच गया कि जोगी खेड़ों का मुँह काला कर गया है। बहू-बेटी दोनों को निकालकर पता नहीं कहाँ ले गया है। उसका कहीं पता नहीं लग रहा था। खेड़े घोड़ों पर सवार होकर चारों तरफ उसकी खोज कर रहे थे।

राँझे ने कानों में से कुंडल उतारकर और नहा-धोकर तहमद बाँध ली थी। फिर वह हीर के साथ नाहड़ों के इलाके में पहुँच गया था।

कहते हैं, वहाँ का राजा इंसाफ करने के लिए मशहूर था। उन्हीं दिनों उसके शहर में आग लग गई। उसने इसका कारण पूछा तो किसी के मुँह से निकल गया कि उसकी धरती पर बहुत बड़ी बेइंसाफी हुई है। खेड़े किसी की प्रेमिका को जबर्दस्ती शादी करके ले गए थे। पर अन्त में उसका प्रेमी उसे उनके हाथ से निकालकर ले गया था। खेड़े बहुत जबर्दस्त लोग थे, उन्होंने दौड़धूप करके उसे पकड़ लिया था और उसे इतना मारा था कि देखा नहीं जाता था। फिर उसकी प्रेमिका को जबर्दस्ती उठाकर ले गए थे।

वह रोती-बिलखती रही थी, बद्दुआएँ देती रही थी, पर उन्होंने अभी तक उसे छोड़ा नहीं है।

यह सुनकर राजा ने खेड़ों को हीर सहित दरबार में पेश होने का हुक्म दिया। जब हीर ने राँझे को उस जख्मी हालत में देखा, तो रोने लगी और सबके सामने उसके गले से लग गई।

खेड़ों ने गवाह पेश किए कि वे काजी से निकाह पढ़वाकर और सेहरे बाँधकर हीर को लाए थे। राजा ने राँझे से पूछा तो उसने कहा, "सारी बात का फैसला हीर की गवाही पर ही होगा। सो पहले उसकी बात सुनी जाए।"

राजा ने हीर को कहा कि वह निडर होकर सारी बात सच-सच बता दे। हीर ने कहा, "इसमें शक नहीं कि खेड़े मुझे सेहरे बाँधकर लाए थे, पर मेरी शादी सैदे के साथ नहीं हुई। माता-पिता के सामने मैंने काजी के सामने कह दिया था कि खुदा के रूबरू मैं राँझे से शादी कर चुकी हूँ। फिर भी माता-पिता ने मुझे जबर्दस्ती डोली में डाल दिया और खेड़े मुझे अपने यहाँ ले आए। अगर शरह मर्जी के उलट हुआ निकाह मंजूर करती है तो खेड़ों की बात सच है; और अगर मेरी मर्जी निकाह की बड़ी शर्त है तो राँझे के साथ मेरा निकाह हो चुका है, और इसीलिए राँझे के साथ मैं खेड़ों को छोड़ आई थी।"

राजा पर हीर की दिलेरी और सुन्दरता का गहरा असर हुआ और उसने हीर को राँझे के हवाले कर दिया और उन्हें सलाह दी कि वे अपने घर पहुँचकर किसी इंसाफपसन्द काजी से निकाह की रस्म पूरी करा लें।

राँझे ने हीर से कहा कि वे वहाँ से तख्त हजारे जाएँगे। "मैं चाहता हूँ घर जाकर भाभियों को दिखाऊँ कि मैं सचमुच हीर ब्याह लाया हूँ। पर एक बात ने मुझे चिन्ता में डाल दिया है।"

"अब कैसी चिन्ता? अब राज-दरबार में मैं तुम्हारी बन गई हूँ। सिपाही तुम्हारे साथ हैं।" हीर ने पूछा।

"ठीक है, पर भाभियों की जबान तुम जानती हो कि कितनी लम्बी होती है। वे कहेंगी कि मैं तुम्हें ब्याह कर नहीं, छल-फरेब से अगवा करके लाया हूँ।" राँझा बोला।

"तो फिर?"

राँझे ने चाहा कि वे सियाल जाएँ और अगर उसके माता-पिता मान जाएँ तो वह अपने भाइयों की बारात लेकर आए और सेहरे बाँधकर हीर को अपने घर ले जाए।

"ठीक है, अब मेरे माता-पिता इनकार नहीं करेंगे। वे खेड़ों से नाराज हैं क्योंकि उन्होंने मुझे मायके नहीं भेजा था। अब मेरी माँ जरूर मान जाएगी।"

वे सियाल की ओर चल दिए। जब वे गाँव के निकट पहुँचे तो उनकी प्रेम-कहानी जैसे फिरसे दोहराई जाने लगी। वही झनाँ की लहरें, वही सियाल के जंगल, वही उसकी भूरी, काली भैंसें, वही लम्बे-तगड़े चरवाहे, वही पनघटों पर पानी भर रही स्त्रियाँ।

चूचक और उसकी पत्नी ने सुना तो वे हीर और राँझे को आगे बढ़कर लेने गए। हीर के बिना सारा गाँव सूना बना हुआ था।

माता-पिता ने हीर की माँग स्वीकार कर ली। राँझा तख्त हजारा जाने को तैयार हो गया। उसकी खुशी देखकर हीर बँसरी ले आई और उसे होंठों से लगा लिया।

"लाओ हीर, इस पर एक आवाज लगा लूँ। इसे छुए हुए युग ही बीत गए हैं। आज फिर वही गीत मेरे अन्दर जागा है, जो पहली मुलाकात पर मैंने कश्ती में तुम्हें सुनाया था।"

बँसरी की लय सुनकर हीर ने आँखें मूँद लीं। फिर जब राँझे ने उसे बँसरी लौटाई तो उसके हाथ चूम लिये, और कहा, "पहली मुलाकात में तुम्हारी मेहँदी रँगे हाथों को मैं नजरें चुराकर देखता रहा था। अब जब मैं हफ्ते के बाद आकर तुम्हें ब्याहकर अपने साथ ले जाऊँगा तो मेरी भाभियों को भी तुम्हारे हाथों में से तारे टूटते दिखाई देंगे।"

राँझे को गए हुए पाँच दिन हो गए थे। सहेलियों ने हीर को दुल्हन के रूप में सजा दिया। माँ के चेहरे पर भी खुशी थी। पिछली बार तो उसका दिल बुझा हुआ था। आज उसने हीर की सहेलियों के साथ मिलकर उसके हाथों पर मेहँदी लगाई और कहा, "अब मेरी बेटी, रानी लगती है।"

तख्त हजारे में राँझे के भाइयों ने खुशी मनाई कि वे बारात लेकर सियाल जाएँगे। इश्क में रँगे हुए राँझे के चेहरे को देखकर भाभियों को अपनी देवरानी से ईर्ष्या होने लगी। पर अब देवर उन्हें बहुत प्यारा लगने लगा था।

भाइयों ने खेड़ों की बारात से भी शानदार बारात लेकर जाने का फैसला किया। वे खेड़ों से किसी तरह भी छोटे नहीं थे। दो दिन का रास्ता था। बारात घोड़ों पर सवार होकर रवाना हो गई।

पर पाँचवें दिन हीर के यहाँ तैयारी के साथ-साथ एक और ही तरह की खुसुर-फुसुर होनी शुरू हुई। माँ घर के दरवाजों पर पत्तोंवाली टहनियाँ बाँध रही थी, पर चाचा कैदो और मलक चूचक हवेली में सिर झुकाए बैठे थे।

कैदो कह रहा था, "एक ही बेटी के लिए दो बारातें अगर आएँ, तो हमारा मुँह काला नहीं हो जाएगा?"

चूचक सिर झुकाए चुप रहा।

"कौन नहीं कहेगा कि चरवाहे के साथ बेटी ने जिन्दगी खराब की होगी। ऐसी जिद्द कि कचहरी में पहुँच गई।" कैदो जहर उगले जा रहा था।

"पर दरवाजे पर आई हुई बारात को कैसे रोकेंगे?" चूचक ने कहा। "हम जबान दे चुके हैं।"

कैदो ने माथे की चुटकी भरकर जैसे कुछ सोचा और फिर भाई से कहा, "है तो बहुत मुश्किल बात, पर अब हमें हीर की जान से हाथ धोने ही पड़ेंगे।"

चूचक का दिल दहल उठा।

"तुम्हें दिल सख्त करना पड़ेगा," कैदो ने कहा। "हीर को अगर वे तख्त हजारे ले गए तो हमारा मुँह दोनों दरगाहों में काला हो जाएगा।"

बाप ने पहले भी मुँह काला होने के डर से बेटी की खुशी कुर्बान की थी, आज फिर उस डर से वह बेटी को ही कुर्बान करने के लिए तैयार हो गया। उसने मान लिया, उसके बेटों ने मान लिया कि कैदो शर्बत में जहर घोलकर हीर को देगा और उसे पीर का आबेहयात समझकर पीने के लिए कहेगा।

परसों तख्त हजारे से बारात पहुँचने वाली थी। रात के समय जब सहेलियाँ गाकर चली गईं और माँ ने बेटी की कुशलता माँगी तो चाचा कैदो पीर की दरगाह से आबेहयात का वह प्याला लेकर आया, जो दिन-रात उस पीर बादशाह की कब्र के सिरहाने रखा रहता था। और उसने वह प्याला हीर को दिया और उसे आशीष देते हुए पीने के लिए कहा।

आधी रात के समय हीर की हालत खराब होने लगी। उसने माँ को आवाज दी, "माँ—माँ—मैं मर गई! वह मेरी पिटारी मुझे देना।"

माँ को हाथ-पाँव की पड़ गई। वह पिटारी लेकर आई। हीर ने उसमें से बँसरी निकालकर होंठों से छुआई और फिर अपने सीने पर रख ली।

"माँ—मिल लो आखिरी बार—मैं चली—वह आबेहयात नहीं, जहर का प्याला था।"

माँ वहीं ढह पड़ी और उसके मुँह से चीख निकली, "मेरी बेटी!"

"मेरा राँझन राजा!" हीर ने कहा और आँखें बन्द कर लीं।

सारे गाँव में शोक छा गया। कैदो घर-घर में कहता फिर रहा था, "जुल्म हुआ, हीर को किसी जानवर ने काट खाया है। और उधर बारात दरवाजे पर आई खड़ी है।"

बारात के बाजे सुनाई देने लगे थे। कैदो, चूचक और हीर के भाई उन्हें खबर देने गए। सुनकर सबके चेहरों के रंग उड़ गए। पर राँझे को उनकी बात पर विश्वास नहीं हुआ। कैदो ने आँसू पोंछकर उसे सारा हाल सुनाया। और अन्त में बताया कि किस प्रकार हीर की माँ ने उसकी बँसरी जनाजे के साथ रखने की जिद्द की थी।

राँझे ने कहा, "बारात कब्र तक जाएगी। मैं शादी करने आया हूँ शादी करके ही लौटूँगा। हीर की शादी मेरे साथ जरूर होगी।"

ऐसे गम की बात कौन टालता? बारात कब्र तक पहुँची। कब्र अभी कच्ची थी। सिरहाने एक पत्थर खड़ा था।

"यह है हमारी लाडली बच्ची की कब्र, जिस पर किस्मत मेहरबान नहीं हुई," चूचक ने रोकर कहा।

राँझे के भाइयों की आँखों से आँसू टपकने लगे। पर राँझा एकटक कब्र की ओर देखता रहा। तभी जैसे कब्र की मिट्टी उसकी नजर से ओझल हो गई और वह हीर के सीने पर पड़ी अपनी बँसरी देखने लगा।

वह कब्र के पास लेट गया। उसने कब्र को बाँहों से भरा। फिर उठकर उसके सिरहाने पड़ा पत्थर उठाया और इतने जोर से अपने सिर में मारा कि खून की कई धाराएँ फूट पड़ीं और देखते-देखते कब्र भीग गई। फिर वह ढह पड़ा और उसके मुँह से चीख निकली :

"हाय, मेरी हीर!"

और जब उसका खून मिट्टी में से रिस-रिसकर हीर के सीने पर पड़ी बँसरी तक पहुँचा तो बहुतों को लगा कि उन्होंने कब्र में से एक चीख सुनी :

"हाय, मेरे, राँझन!"

# सोहनी-महीवाल

गुजरात शहर के पूर्व की ओर एक बाग में शीशम के ऊँचे लम्बे वृक्षों की छाया में कोई सजीला डेरा लगा हुआ है : बिलकुल नए तम्बुओं के गिर्द शोख फूलों वाले पर्दे दिखाई दे रहे हैं। एक तरफ ऊँटनियों की गर्दनों में घंटियाँ बज रही हैं, अरबी घोड़ों के जिस्म चमक रहे हैं, और नौकर-चाकर बड़े चाव में इधर-उधर आ-जा रहे हैं।

अभी हफ्ता-भर पहले यह सूनी-सी जगह थी, पर आज इसमें जैसे कोई रूह समा गई है। राजकुमारों-जैसा एक सौदागार, पेशावर जाते समय यहाँ रुक गया है। उसकी तीखी नजर ने यहाँ की रमणीय सुन्दरता देख ली थी। सामने आशिकों का साथी, 'झनाँ' दरिया बहता है, और उसकी अठखेलियाँ करती हुई लहरों पर शाम का सूरज सोना बिखेर रहा है।

इस सौदागर की अमीरी और दरियादिली की चर्चा शहर की सरायों, बैठकों, बाजारों में हर जगह है। हर जबान पर इसकी बातें हैं :

"बुखारा के हीरों के सौदागर, अलीबेग का इकलौता बेटा है—न्यारी तबीयत का मालिक—हर तरह से शौकीन—दो मुंशी इसे पंजाबी सिखाते हैं—जितना

जवान, उतना ही सुन्दर—जिस शहर में से भी गुजरता है, वहाँ की कलाकृतियाँ खरीद लेता है—कल इसके आदमी तुले कुम्हार के यहाँ से कई कूजे, प्याले और मिट्टी के दूसरे बर्तन खरीदकर लाए हैं—सैर-सपाटे के लिए हिन्दुस्तान आया है—दिल्ली के बादशाह को इसने कई तोहफे दिए हैं : अम्बर मुश्क और मुश्क तिब्बती, और हीरे, लाल, पुखराज और नीलम—बादशाह ने इसे पूरे देश में सैर करने की सहूलियतें दी हैं, अपना घोड़ा भी दिया है—और आज रात, वीरानों को आबाद करनेवाले इस सौदागर ने गुजरात शहर के कलाकारों, गवैयों और प्रसिद्ध व्यक्तियों को अपने डेरे पर दावत पर बुलाया है..."

दावत की तैयारियाँ हो रही हैं। कालीन बिछ रहे हैं। जर्दापुलाव, मुर्गजोश आदि की महक उड़ रही है। दो व्यक्ति इन तैयारियों की निगरानी करते हुए एक ओर चले जा रहे हैं। उनमें से जो आगे-आगे चल रहा है, उसकी सुन्दरता का जवाब नहीं है। कैसी हैं उसकी आँखें और कैसा है उसका चेहरा! बोलचाल और अदाओं की बात ही निराली है।

फले-फूले हुए नाशपाती के एक पेड़ तले वे खड़े हो गए। हरी-भरी टहनियों की ओर देखकर एक ने कहा, "सुब्हान-अल्ला!" जैसे उसके होंठों की मुस्कान और मोतियों-से दाँतों की चमक ने रसदार नाशपाती को हुँकारा भरा।

"सआदत, आज की महफिल यादगारी महफिल हो! शराबें-शर्बत बलख बुखारे के, पर पिलाए जाएँ यहाँ के सागरों में। कितने खूबसूरत सागर और कूजे और प्याले कल तुम शहर से खरीदकर लाए हो!"

"हाँ, इज्जत, बड़े ही बाँके हैं यहाँ के सागरो-पैमाने। मिट्टी के बने हुए होने पर भी काँच को मात करते हैं। उनमें आज हम यहाँ के हुनरमन्द लोगों की सेहत के जाम पिएँगे।"

"और कल तुम मुझे भी ले चलना। इन कूजों के बनाने वाले की जियारत मैं भी कर आऊँगा।"

दूसरे दिन सुबह इज्जत बेग और सआदत अली तुले कुम्हार के घर की

ओर जा रहे थे। बाजार में लोग दुकानों से उठ-उठकर उनकी ओर देख रहे थे और रात की महफिल की तारीफें कर रहे थे।

तुले कुम्हार का नाम भी सारे पंजाब में मशहूर था। कौन-सा ऐसा स्थान था, जहाँ उसके बनाए बर्तन और खिलौने नहीं पहुँचते थे! उसके घर के आगे, खुले आँगन में बर्तन और खिलौने बड़े करीने से सँवारकर रखे हुए थे। एक तरफ हवेली में भैंसें खड़ी थीं।

तुला खुद अपने चाक के सामने बैठा हुआ गीली मिट्टी में से जादू-भरी सुन्दरता को जन्म दे रहा था। लगभग पैंतालीस साल की उम्र थी उसकी, चमकदार आँखें, और खिचड़ी दाढ़ी। उसके चेहरे पर काम का शौक था और कलाकार होने का गर्व।

उसके बाएँ हाथ एक युवती बैठी हुई मिट्टी गूँध रही थी। उस युवती को देखकर भी लगता था जैसे तुले कुम्हार ने उसे अपने जादू के चाक पर विशेष रूप से सँवार-तराशकर तैयार किया हो।

दो परदेसी व्यक्ति आँगन में तुले कुम्हार के पास आकर खड़े हुए।

तुले ने उनका स्वागत किया और फिर पास बैठी युवती से कहा, "सोहनी बेटी जरा खाट ले आओ तो इनके लिए।"

युवती ने बड़ी फुर्ती से चारपाई लाकर वहाँ डाल दी। मेहमानों को समझ नहीं आ रहा था कि वे किस तरफ देखें—एक तरफ कलाकार का जलाल, दूसरी तरफ परी-सी सुन्दरी का यौवन!

"यह मेरे मालिक इज्जत बेग हैं," सआदत ने कहा।

"अस-सलाम-लैकम, मेरे सिर-माथे पर!" तुले का चेहरा खिल उठा।

"परसों मैं यहाँ से कई कूजे और दूसरे बर्तन ले गया था। हमारे इज्जत बेग को वे बहुत अच्छे लगे। सो आज वे खुद कुछ और बर्तन खरीदने और तुमसे मुलाकात करने आए हैं।"

"मेरी खुशकिस्मती है। हुकुम कीजिए। सोहनी बेटी, जाकर दिखाओ इन्हें बर्तन। मैं तब तक यह फूलदान पूरा करके चाक पर से उतार लूँ।"

तुले ने चाक को और जोर से घुमाया और उसने फूलदान की गर्दन पर इस तरह अपनी अँगुलियाँ रखीं जैसे किसी प्रेमी ने अपनी प्रेमिका की गर्दन को छुआ हो।

आगे-आगे सोहनी, पीछे-पीछे मेहमान। सोहनी चुपचाप, सन्तुलित कदमों से चली जा रही थी। एक कमरे का दरवाजा उसने खोला। खामोशी धड़क उठी। यह तुले की दुकान थी। विभिन्न प्रकार की चीजें वहाँ बड़े करीने से रखी हुई थीं। सोहनी उन चीजों को उठा-उठाकर दिखाने लगी। इज्जत बेग उनमें से कुछ चीजें एक ओर रखवाता गया। एक चीज रखकर वह दूसरी लेने जाती तो इज्जत बेग किसी सपने में खो जाता। 'ओह, इसके पाँव—यह जमीन पर चल रही है या मेरे सीने पर? हाथ बढ़ाकर चीजों को उठाती है या मेरे दिल को पकड़ती है?' वह मन में कहता।

अपने आँचल से झाड़ती हुई सोहनी एक प्याला लाई।

"यह प्याला अब्बा ने बड़ी ही मेहनत से बनाया है।"

इज्जत बेग जैसे सपना देखता हुआ चौंका हो। उसने दोनों हाथ बढ़ाकर प्याला पकड़ लिया और कहा, "कैसी गोलाइयाँ हैं इसमें! कोई नशा है इसकी लकीरों में।"

और जब प्याला पकड़ाकर सोहनी कोई और बर्तन लेने गई तो इज्जत बेग ने सआदत की ओर से मुँह हटाकर अपनी अँगुलियाँ होंठों से छुआ लीं।

'सोहनी की अँगुलियों के पोरों की बिजली!' वह मन में कह रहा था।

सोहनी ने आकर एक और प्याला उसकी ओर बढ़ाया। कहने को वह मिट्टी का प्याला था, पर इज्जत बेग उसे अपनी आँखों के सामने घुमाता हुआ उसके किनारों की लकीरों और उसकी गोलाई को देर तक देखता रहा। सआदत ने उसके रंग की तारीफ की।

"रंग तो ऐसा है," इज्जत ने कहा, "जैसे धूप में चलकर आई किसी हसीना का तमतमाता हुआ चेहरा हो। और यह देखो, इसकी पतली खूबसूरत कमर।"

इज्जत बेग को लगा, वह प्याला खाली नहीं, बल्कि भरा हुआ था। और उसने उसे होंठों से लगा लिया।

सोहनी हँस पड़ी। और उसकी नाक में पड़ी 'बुलाक' उसके होंठों पर झूल उठी। इज्जत बेग को पहली नजर देखने पर वह जेवर बड़ा अजीब-सा लगा था, पर सोहनी का हँसता हुआ चेहरा देखकर उसे मोतियों के सन्दूक को लगे हुए सोने के तालेवाली, किसी कवि की कही हुई बात समझ में आ गई।

"मैं देख रहा था कि होंठों के साथ लगने पर यह कैसा महसूस होता है," इज्जत बेग ने सोहनी की हँसी के जवाब में कहा।

"पर यह अभी नया है, इस्तेमाल करने पर कुछ अरसे के बाद होंठों को होंठों-जैसा ही नर्म लगेगा," सोहनी ने सहज भाव से प्याले की प्रशंसा में कहा।

पर इज्जत बेग को तो सचमुच उस प्याले में किसी के होंठों का स्पर्श महसूस हुआ। और उसने उसे दूसरे बर्तनों से जरा एक तरफ अलग करके रख लिया। देर तक वह उस पर अँगुलियाँ फिराता रहा, और कुछ बोल न सका।

"सभी किस्म के बर्तन आपके सामने लाकर मैंने रख दिए हैं, जो पसन्द हों, बता दें," सोहनी ने कहा।

"मुझे इस दुकान की एक-एक चीज पसन्द है," इज्जत बेग ने कहा। उस समय वह सोहनी के तारों जड़े दुपट्टे के उड़ते हुए पल्लू के नीचे से रेशमी रात में चमकता हुआ चाँद देख रहा था।

"पर आज कौन-सी चीज लेंगे?" सोहनी ने पूछा।

"अगर मैं कीमत चुका सकूँ तो सभी खरीद लूँ। अच्छा, अब जो चीजें यहाँ लाकर रखी हैं, उनकी कीमत बताओ।"

वे सब मिलाकर लगभग बीस बर्तन थे। सोहनी ने हिसाब लगाकर उनकी कीमत दस रुपये बताई। सआदत ने झट दस रुपये उसे दे दिए।

"हमारा आदमी आकर यह चीजें ले जाएगा। अब हम उस्ताद जी को सलाम कहकर रुखसत लेंगे।"

तुले ने हँसकर पूछा, "बेटी, कीमत ठीक बताई है न? मुझे बताओ, कहीं ज्यादा पैसे न ले लिये हों। यह हमारे मेहमान हैं।"

"ज्यादा!" इज्जत बेग ने जल्दी से कहा। "मैं तो मिट्टी के भाव में सोना ले चला हूँ।"

दावत के तीसरे दिन डेरे को कूच का हुक्म था। जाने की तैयारियाँ हो रही थीं। सामान सन्दूकों में भरा जा रहा था। पर तुले कुम्हार की दुकान से लौटने पर इज्जत बेग ने एक हफ्ता और वहाँ रहने के लिए कह दिया। सभी लोगों में खुशी की एक लहर दौड़ गई। झनाँ का किनारा और गुजरात के लोग बुखारियों को अच्छे लगे थे। और आज उन्हें खास छुट्टी और दुगना खर्च भी इज्जत बेग ने दिया।

पर वह खुद शाम तक अपने तम्बू में से बाहर नहीं निकला। उसके दिमाग में कई किस्म के विचार उठ रहे थे और वह किसी फैसले पर पहुँचना चाह रहा था। अब उसे पेशावर जाने की कोई जल्दी नहीं थी। पहली सभी गिनतियाँ गलत हो गईं। सोचते हुए उसे नींद आ गई।...तभी उसने देखा—एक सुहावना जंगल था, ठंडे पानी की नदी, फुदकते हुए पक्षी, हवा में उनके संगीत की लरजश...हिरन चौकड़ी भर रहे थे, मोर नाच रहे थे। पर वह इस सब कुछ से अन्यमनस्क-सा बना बैठा अपनी यादों में खोया हुआ था। तभी किसी ने पीछे से आकर उसके कन्धे पर हाथ रखा। वह उसका पिता था। उसने कहा, "मेरे चाँद, क्यों भटक रहे हो। घर चलो, काम-काज सँभालो। मुझे एक ऐसा कीमती हीरा मिला है कि उसकी खातिर शाह-बादशाह आपस में लड़ेंगे..."

"पर अब्बा, मेरा हीरा अभी मुझे मिला नहीं है।"

"कौन-सा, जो मैंने तुम्हें दिया था वह? खैर, कोई बात नहीं। वैसे दस और हीरे मैं तुम्हें दे दूँगा।"

"नहीं अब्बा, वह हीरा नहीं। कोई मेरा साथी था, जिसके लिए मेरी रूह तड़पती है। उसके नक्श मुझे याद नहीं हैं, पर उसकी आवाज को मैं पहचानता हूँ, उसका लम्स मुझे अच्छा लगता है..."

उसके अब्बा ने उसे अपने साथ वापस चलने का हुक्म दे दिया। वह काँप उठा और उसी समय उसकी नींद टूट गई। उसने सुख की साँस ली और उठकर सुराही में से प्याला भरा, जो वह सुबह खरीदकर लाया था। फिर सआदत को बुलाकर बातों-बातों में उसने कहा, "अगर मैं इसी मुलक में रहने लग जाऊँ?"

"यह किस तरह हो सकता है? तुम्हारे अब्बा मुँह उठाए तुम्हारा रास्ता देख रहे होंगे।"

इज्जत बेग ने वह बात वहीं खत्म कर दी।

रात का खाना जल्दी ही खाकर इज्जत बेग अपने तम्बू में चला गया। उधर रात का खाना बना रही सोहनी ने भी अपनी अँगुलियाँ जला लीं।

"क्यों, सोहनी, आज क्या हो गया है तुम्हें?"

"तबीयत कुछ ठीक नहीं है, माँ।"

"उठो, मैं पकाती हूँ। तुम आराम कर लो। तुम्हारा अब्बा कह रहा था कि आज तुमने चार दिन की कमाई कुछ ही पलों में कर ली।"

सोहनी का दिल बेचैन था। रह-रहकर वह सौदागर उसकी आँखों के सामने आ रहा था। सौदागरों की कहानियाँ उसने माँ से सुनी हुई थीं, पर आज तो सोहनी ने खुद उसे प्याला पकड़ाया था, जिसे उसने होंठों से लगा लिया था, और वह उसकी आँखों में झाँककर मुस्कराया था। सोहनी की अँगुलियों में उसके हाथों का स्पर्श अभी तक जीवित था।

उसने बहुत सोचा, न उस-जैसी शक्ल उसने किसी की देखी थी, न उस-जैसी आवाज किसी की सुनी थी। और उसकी हर हरकत थी कि दिल को मोह लेती थी, उसका हर शब्द जैसे दिल को पेंग पर चढ़ा देता था।

कभी दिवास्वप्नों में सोहनी ने किसी ऐसे ही व्यक्ति के नयन-नक्शों की कल्पना की थी, पर आज तो वे सचमुच उसके सामने साकार हो उठे थे और

फिर उसके दिल में समा गए थे। दुनिया ही बदल गई थी। अपनी पहली दुनिया से वह दिल चुराने लगी। उसका शरीर पहले जैसा न रहा। उसके अंगों में अभी तक किसी के स्पर्श की लरजश थी। उसकी आशाएँ खिल उठीं। एकाएक सारा जीवन मचल उठा, अल्हड़ रूह की मासूमियत जाती रही।

अगले दिन सोहनी अपने अब्बा के लिए मिट्टी तैयार कर रही थी और उसका अब्बा सुराही की गर्दन को तराश रहा था। सोहनी को बार-बार परदेसी का खयाल आ रहा था। कभी-कभी अँगुलियाँ होंठों को छूतीं तो उसे किसी की अँगुलियों की याद आती और उसका अन्तर किसी आह्लाद से भर जाता।

'एक बार—एक बार अगर वह फिर आ जाए!' सोहनी आँखें उठा-उठाकर आँगन के द्वार की ओर देखती। आखिर वह अपने अब्बा को मिट्टी देना भूल गई।

तुले ने सुराही पूरी कर ली थी।

"बेटा सोहनी, चाक यूँ ही घूमे जा रहा है, लाओ, मिट्टी दो, इस सुराही के साथ प्याला भी बना लूँ।"

"लो अब्बा," सोहनी ने कहा। "मेरा ध्यान दरवाजे की तरफ चला गया था।"

उसी समय दरवाजे की ओर से एक व्यक्ति उनकी तरफ चला आ रहा था। उनके पास आकर रुका।

"जितनी चीजें मैं उस दिन ले गया था, उतनी ही मुझे और चाहिए, उस्ताद जी। यह सब मैं अपने मुल्क भेजूँगा," इज्जत बेग ने बड़े आदर से सोहनी के सामने सिर झुकाते हुए कहा।

तुले का चाक घूमे जा रहा था।

"जाओ बेटा, जो कुछ यह चाहते हैं, इन्हें दो जाकर। मैं खुश हूँ कि इन्होंने मेरी कारीगरी की कद्र की है।"

उसी दिन की तरह वे आगे-पीछे जा रहे थे। पर आज उनका हर कदम एक-दूसरे को कुछ कह रहा था। पन्द्रह कदमों में जैसे उन्होंने एक-दूसरे

के दिल का भेद जान लिया। जब सोहनी ने पहली चीज लाकर इज्जत बेग को दी थी तो वह उसके लिए परेदसन नहीं रही थी। आज चीजें देते-लेते समय उनकी अँगुलियाँ अनायास ही एक-दूसरी से छू जातीं और हर स्पर्श में से जैसे लपटें उठतीं और उनके दिलों के अँधेरे कोने तक उनके प्रकाश में जगमगा उठते।

पहले दिन के मुकाबले में आज सोहनी ने जल्दी ही बर्तनों का ढेर इज्जत बेग के सामने लगा दिया। फिर कीमत पूछने-बताने की बजाय दोनों एक-दूसरे की ओर देखने लगे।

"आप कुछ दिन और ठहरेंगे न हमारे शहर में?" सोहनी ने चुप्पी तोड़ी।

"हमारा डेरा परसों जा रहा है।"

"हमारे शहर में आपकी बहुत रौनक थी।"

"मेरे साथियों को तुम्हारा शहर बहुत अच्छा लगा है।"

"और आपको नहीं लगा! जरा तंग-सा शहर है।"

"इतना खुला शहर, दिल्ली से चलने के बाद मैंने कोई और देखा ही नहीं है।" तभी उसका हाथ लगने से एक सुराही लुढ़क गई। वह उसे पकड़ने लगा तो उसके साथ सोहनी ने भी उसे पकड़ना चाहा। दोनों के हाथ एक-दूसरे को छू गए और फिर आपस में जुड़ गए।

"हमारे शहर में आपका सदा स्वागत है, पर मैंने सुना है कि आपका देश बहुत दूर है," सोहनी ने कहा।

"किससे सुना है?" इज्जत बेग को खुशी हुई कि सोहनी उसके देश के बारे में जानकारी प्राप्त करती रही है।

सोहनी शरमा गई और अपने दिल की धड़कन छिपाने के लिए उसने अपना दुपट्टा सीने पर फैला लिया। फिर आँखें झुकाकर बोली, "मैंने अपनी सहेली के भाई को आपके डेरे पर भेजा था। उसने आकर आपके बारे में बहुत-कुछ बताया।"

इज्जत बेग का दिल खुशी से भर गया।

"अगर तुम किसी के जरिये मेरे बारे में पूछती रही हो तो मेरे मुँह से भी मेरे दिल की बात सुन सकोगी। कहो तो बताऊँ?"

सोहनी ने आँखें उठाकर देखा। इज्जत बेग पूर्ण रूप से उसकी आँखों में समा गया।

"बताइए!" सोहनी बस इतना ही कह सकी।

"मैं किसका बेटा हूँ और कहाँ का रहनेवाला हूँ, इस बारे में तुम्हें पता लग ही गया होगा। पर मैं तुम्हें अपने बारे में वह कुछ बताना चाहता हूँ, जो किसी और ने नहीं बताया होगा।"

इज्जत बेग सोहनी के चेहरे पर अपनी इस बात का प्रभाव जानने के लिए रुका। उसने देखा कि सोहनी पर जैसे कोई जादू हो रहा है। और सोहनी की चुप्पी उसे जैसे कह रही थी कि वह आगे बताए।

"मेरे इस जिस्म में कोई अनोखी रूह है, सोहनी," इज्जत बेग ने कहा और सुराही की गर्दन को अपनी अँगुलियों से सहलाने लगा। "मुझे न बाप की अमीरी पसन्द है, न वह सब कुछ, जिसके लिए जिन्दगी में इतनी दौड़-धूप हो रही है। मैं पढ़ा-लिखा, मैंने तीर चलाए, मैंने शिकार खेला, मैंने घुड़सवारी की, पर किसी काम ने मेरे दिल की बेचैनी दूर नहीं की। मेरे अन्दर किसी निराले हुस्न की भूख है। एक बेकरारी है। आखिर अपने अकेलेपन से तंग आकर मैंने अपने अब्बा से दुनिया में घूमने-फिरने की इजाजत ली, और तकदीर मुझे तुम्हारे शहर में ले आई, और फिर तुम्हारे शहर में उसने मुझे मेरी मंजिल दिखा दी—जब से मैंने तुम्हें देखा है, मेरे दिल का भटकना खत्म हो गया है। अब आगे जैसे तुम चाहो, वही होगा।"

मन की बात बाहर निकालकर इज्जत बेग को शान्ति मिल गई, पर सोहनी चुप थी। रह-रहकर वह कुछ कहना चाह रही थी, पर बात उसके होंठों तक आकर लौट जाती थी। और वह इज्जत बेग के चेहरे की ओर ही देखती रही। आखिर इज्जत बेग ने सोहनी के हाथ पर बड़ी नरमी से अपना हाथ रखकर कहा, "सोहनी, हर तरह का जवाब देने के लिए तुम आजाद

हो। मैंने तुम्हें अपनी मंजिल बता दी है। तुम्हारी मंजिल कोई और हो तो तुम बता सकती हो।"

"मेरी मंजिल की क्या पूछते हैं। जिस दिन से आपको देखा है, मुझे लगता है, उसके पहले जैसे कभी किसी को देखा ही नहीं है।" सोहनी की आँखें फिर झुक गईं, होंठ बन्द हो गए, और हाथों का कम्पन छिपाने के लिए वह चीजें एक तरफ से उठाकर दूसरी तरफ रखने लगी। तभी इज्जत बेग ने उसका हाथ पकड़ लिया। सोहनी को लगा, उसके-जैसा मेहरबान चेहरा उसने कभी देखा ही नहीं था।

"अँगुलियाँ हैं या परिन्दों की कतार।" इज्जत बेग ने कहा और उसका दूसरा हाथ भी अपने हाथ में लेकर सीने से लगा लिया। दोनों हाथों की दस अँगुलियाँ जैसे दस पक्षी थे, जो कुछ कह रहे थे, और सोहनी का दिल धड़क रहा था। प्रत्येक अँगुली के पोर को चूमकर इज्जत बेग ने नरमी से उसके दोनों हाथ छोड़ दिए।

"पर आप परदेसी हैं, सौदागर हैं, अमीर हैं," सोहनी ने आह भरकर कहा।

"तो क्या हुआ? मैं मंजिल पर पहुँच गया हूँ।"

"आप जानते नहीं, मैं कुम्हार की बेटी हूँ। आप जौहरी और शहजादे हैं। मेरा आपके साथ ब्याह नहीं हो सकता।"

"ब्याह मेरी मंजिल नहीं है, मंजिल है तुम्हारी नजरों में कबूल होना।" इज्जत बेग के चेहरे पर पूर्ण शान्ति थी।

"पर आज मैं किसी की बेटी हूँ, कल किसी की बीवी बना दी जाऊँगी। आपको कबूल करने से कोई फायदा नहीं होगा।"

"जब तक मेरी सोहनी के दिल में मेरा कोई सानी नहीं है, तब तक मेरा कुछ भी नहीं बिगड़ेगा," इज्जत ने इश्क की हिलोर में कहा।

"मेरे दिल में तो क्या, सारी दुनिया में आपका कोई सानी नहीं है, पर आपके साथ ब्याह मेरा नहीं होगा। और किसी और के साथ होने से मैं रोक नहीं सकूँगी।"

"तुम बिलकुल न रोकना। तुम्हें बेशक कोई अपनी कहे, पर अगर तुम्हारे खयालों में मेरे सिवा और कोई नहीं आएगा तो मैं समझूँगा, मैंने सब कुछ पा लिया है। बेशक कोई तुम्हारी बाँहों को बार-बार अपने गले में डाले, पर तुम मुझे अपना समझे रखना, यही मेरी आरजू है।"

"ओ मेरे सपनों के स्वामी, आपकी इन बातों पर मैं जान कुर्बान कर दूँ। पर आपकी इतनी बड़ी कुर्बानी को मैं कैसे कबूल कर सकती हूँ?"

"सोहनी, पतंगे की क्या कुर्बानी, यह तो शमा की मेहरबानी है कि वह उसे मरने से पहले अपने रोशन होंठों से चूमती है।"

"मेरी सारी जिन्दगी आपकी है, पर मुझे यह समझा दीजिए कि इश्क हमारा निभेगा कैसे?"

सोहनी की आँखों में कोई डर आँसू बनता जा रहा था। इज्जत बेग ने अपनी आँखों में मुस्कराहट भरकर कहा, "हमारा इश्क कैसे निभेगा, यह खेल तकदीर का है, पर इश्क का हमेशा के लिए इकरार तुम्हारा-मेरा खेल है। सो इकरार दो, अगर दे सको तो।"

सोहनी ने ऊपर देखा। आँखें खुलीं, द्वार खुले, दिल धक्-धक् करने लगा—प्राणों का फड़फड़ाता हुआ पक्षी इज्जत बेग की आँखों के झरोखे में से निकलकर सोहनी की ओर उड़ा।

"बेटा सोहनी, भूरी भैंस खुल गई है, जरा सँभालना उसे, मेरे हाथ का प्याला अभी पूरी तरह बना नहीं है," तुले की आवाज आई।

"मैं जाता हूँ," इज्जत कहने ही वाला था कि सोहनी उठकर बाहर चली गई। उसकी चाल में कोई जादू था।

"बाँध दी है, अब्बा," सोहनी ने लौटते समय अपने पिता से कहा।

"अच्छा किया। आज माँ से जरूर कहना कि किसी दूसरे महीवाल (भैंसों को सँभालनेवाला) का जल्दी ही इन्तजाम करे।" तुले ने कहा और चाक पर घूमता हुआ प्याला उसके हाथों में शक्ल लेता रहा।

"क्यों सोहनी, तुम्हारा महीवाल कहीं चला गया?" इज्जत ने पूछा।

"अपने गाँव घर गया था, लौटकर नहीं आया। वैसे अच्छा भी नहीं था। माँ अब किसी और महीवाल की खोज में हैं।"

"अच्छा, मेरे फरिश्ते, अब मुझे जाने की इजाजत दो। डेरे के लोगों को रुखसत करके तुम्हारे पास आया समझो।"

"मुझे याद रखेंगे?" इज्जत बेग के चोगे की अमीरी ने सोहनी की आँखों में एक संशय पैदा किया।

"इकरार सिर्फ याद रखने का नहीं, बल्कि एक होने का है। मेरा इन्तजार करना सोहनी! खुदा हाफिज।"

इज्जत बेग ने तुले को सलाम की और यह कहकर चला गया कि अपना आदमी भेजकर वह सब चीजें मँगा लेगा, जोकि उसने पसन्द की हैं।

सोहनी अब उस दुनिया में रहने लगी, जिसमें किसी की याद से दिल धड़कता था और अन्दर से कोई सोता फूटता था, और तन-मन खिल उठता था।

"डेरा चला गया," सोहनी की सहेली के भाई ने उससे कहा और बताया कि शहरवालों ने डेरे को बड़े आदर से विदा किया है और अभी तक लोग इज्जत बेग और उसके उदार स्वभाव की बातें कर रहे हैं।

इज्जत बेग को गए हुए एक हफ्ता, दस दिन, पन्द्रह दिन बीत गए।

'उसे उसके घरवालों ने आने नहीं दिया होगा', सोहनी ने मन में कहा। 'और यह मुमकिन भी कैसे है कि उस जैसे शहजादे को वे आ जाने दें। सोहनी के पाँव तले से जैसे जमीन खिसकने लगी, उसके हाथ-पाँव की शक्ति क्षीण होने लगी।

वह सुबह ही अपने अब्बा के साथ काम पर चली जाती। घर में उसका दिल नहीं लगता था। अपने अब्बा के साथ वह काम-काज में लगी रहती और अपने खयालों की दुनिया में जीती।

इसी तरह एक दिन वह मिट्टी गूँध रही थी और अपने खयालों में खोई हुई थी कि बार-बार उसकी आँखें आँगन के दरवाजे की ओर उठ जाती थीं।

वह समय ग्राहकों के आने का नहीं था। ग्राहक दोपहर ढले आते थे। पर बुखारे का सरदार तो दोनों बार इसी वक्त आया था।

उसी समय किसी की छाया दरवाजे में से आँगन में पड़ी। सोहनी चौंक उठी। भला इस छाया के बादल में से उसका चाँद निकल आए तो?

पर वह तो कोई और व्यक्ति था। न उसके गले में चोगा था, न उसके सिर पर अमामा था। उसने तहमद बाँधी हुई थी और कुर्ता पहना हुआ था। और सिर पर साधारण-सी पगड़ी थी। वह कोई उसी इलाके का व्यक्ति लगता था।

सोहनी फिर अपने काम में लग गई। बाहर से आनेवाला व्यक्ति तुले के पास आकर रुका।

"मैंने सुना है, उस्ताद जी, आपको महीवाल की जरूरत है," उसने कहा।

"वाह, भाई वाह! तुम्हें तो जैसे अल्लाह ने भेजा है।" तुले ने कहा और सोहनी की ओर नजर मोड़ी। "बेटा इसे अपनी भैंसें जाकर दिखा दो तो।"

"कौन-सा गाँव है तुम्हारा?" सोहनी ने सिर उठाकर उसकी ओर देखे बिना ही पूछा।

"बहुत दूर है," उसने कहा।

आवाज उसके कपड़ों के मुकाबले में कुछ अलग-सी लगी, तो सोहनी ने सिर उठाया।

"भैंसों को दुह लेते हो?"

"कभी हमारे यहाँ बहुत भैंसें थीं। मैं बड़े शौक से उन्हें दुहा करता था। बेफिक्र रहिए, कोई शिकायत नहीं होने दूँगा।"

सोहनी उसके चेहरे की ओर देख रही थी।

"तो फिर तुम्हारी भैंसों को क्या हो गया, जो तुम यहाँ नौकरी करने आ गए हो?" सोहनी की दिलचस्पी बढ़ती जा रही थी।

"मुझे घरवालों ने झेला नहीं, सो तकदीर आजमाने के लिए मैं घर से निकल पड़ा। तनख्वाह का भी कोई खयाल नहीं है, मैं अकेला ही हूँ, बस रोटी-कपड़ा और...," वह जो कहना चाहता था, उसके लिए उसे शब्द नहीं मिल पाए।

"हाँ, रोटी-कपड़ा और—और क्या?" सोहनी ने कहा।

"और कुछ नहीं। हाँ, हो सके तो थोड़ी-सी इज्जत और दे देना," उसने हल्का-सा मुस्कराकर कहा।

सोहनी ने उसे सिर से लेकर पाँव तक ध्यान से देखा।

"अच्छा, मेरे साथ चलो।"

हवेली में पहुँचकर सोहनी ने एक बार फिर उसे ध्यान से देखा। तब वह प्रत्येक भैंस का अलग से जिक्र करते हुए उनके बारे में बताने लगी। फिर एकाएक उसने उस व्यक्ति के गले में बाँहें डाल दीं और उसकी आँखें छलक पड़ीं। "ओह, मेरे सपनों के साजन, यह कैसा भेस बनाकर आए हो तुम?"

"और किसी भेस में मैं अपने फरिश्ते के नजदीक नहीं हो सकता था," उसने सोहनी की गर्दन को सहलाते हुए कहा।

"पर यह मैं कैसे कबूल कर लूँ कि यह शहजादा हमारे यहाँ महीवाल बनकर रहे?"

"मेरी भोली मलिका, तुम्हारे महीवाल पर शहजादे भी ईर्ष्या करेंगे।"

"और तुम अपने घरवालों को छोड़कर कैसे चले आए?" सोहनी ने अपना आँचल सँभालते हुए कहा।

"सआदत मेरा बहुत अच्छा दोस्त और बेनजीर समझ का मालिक है। उसे मैंने अपने दिल का सारा हाल बताकर कहा कि अगर वह मेरी जिन्दगी चाहता है तो डेरे को अपने साथ ले जाए और मुझे यहीं छोड़ जाए और फिर अपने मुल्क पहुँचकर जो ठीक समझे अब्बा को खबर सुना दे।"

"पर उसने तुम-जैसे चाँद को यहाँ छोड़कर जाना मंजूर कर कैसे लिया?" सोहनी को पूरी तरह विश्वास नहीं हो रहा था कि इज्जत बेग उसके सामने खड़ा था।

"वह बहुत समझदार है, सो समझ गया कि चाँद मैं चाहे किसी का भी हूँ, पर रोशनी मुझे अपने सूरज से ही मिल सकती है। और उसे मैंने बता दिया था कि अपनी उम्र के बाकी दिन मैं अपने सूरज के नजदीक रहकर ही जीना

चाहता हूँ।" इज्जत बेग ने सोहनी के खुले हुए होंठों को अपनी अँगुलियों से बन्द कर उन पर एक ऐसी चुटकी भरी कि उसकी आँखें बन्द हो गईं।

"ओह...हाय! और अब अगर कोई तुम्हें लेने आ जाए?" सोहनी में अपने स्वर्ग को आलिंगन में भरने की तड़प थी।

"वे चले गए, सोहनी," उसने दिलासा देते हुए कहा। "उनकी इज्जत के कपड़े भी मैंने उन्हें दे दिए हैं। इस लिबासवाला तुम्हारा महीवाल अब उन्हें परवान नहीं है।"

होंठों तक आई हुई चीख को रोकने के लिए सोहनी ने फिर उसके गले में बाँहें डाल दीं और कहा, "अब यह महीवाल मेरा सारा संसार होगा।"

फिर अब्बा के पास जाकर सोहनी ने कहा, "काम चाहे कहीं किया नहीं है, पर आदमी अच्छा लगता है। जल्दी ही सब काम सीख जाएगा।"

"आदमी अच्छा चाहिए, बेटा। जाओ, अपनी माँ के पास ले जाओ। पर पहले मेरे इस कूजे को देख जाओ। कितना शानदार बना है।"

तुले उस्ताद की बेटी को लोग सोहनी (सुन्दरी) कहते थे। पर अभी तक वह किसी खाली फानूस जैसी सुन्दर थी। अब उस फानूस में ज्योति जल उठी थी। देखनेवाले आश्चर्यचकित रह जाते। सोहनी के अंग, ढंग, रंग सभी कुछ बदलते जा रहे थे।

तुले की दुकान पर आनेवाले ग्राहक बढ़ गए, उसकी खुशहाली बढ़ गई। सोहनी उसके घर की बरकत थी। सोहनी के हुस्न की सारे शहर में चर्चा थी। लोग सोचने लगे कि वह कौन-सी मिजराब है, जिसने उसके दिल के तारों को थरथरा दिया है, और उसका कुँवारा यौवन छलक उठा है। कौन-सा शाह बहराम उसकी सोई हुई सुन्दरता को होंठों से छूकर जगा गया है।

हाँ, यह सीधा-सादा महीवाल था जो उसकी दुनिया में आया था। यह महीवाल किसी गहरे चश्मे की तरह था। कभी किसी ने उसमें से उछलते हुए पानी को देखा नहीं था। दिन-भर वह भैंसें चराता, हर किसी के साथ अच्छी तरह पेश आता। उसके दिल का भेद कभी किसी पर खुला नहीं था।

सोहनी के माता-पिता भी अपने महीवाल पर खुश थे। वह जैसे घर का ही व्यक्ति था। हर किसी का शुभेच्छु। कोई शोखी नहीं, कोई शिकायत नहीं। सोहनी सिर्फ एक बार सुबह दूध दुहाने के लिए जाती। शाम को उसकी माँ जाती। कभी कोई महीवाल के दिल की बात न जान सका।

सोहनी छोटी-छोटी बातों से उसे दिन-भर के लिए भर जाती, मुस्करा जाती, चाँद-सा चेहरा झलका जाती, और कभी-कभी दूध दुह रहे महीवाल के गले में पीछे से बाँहें भी डाल देती।

"देखना, सोहनी, दूध कहीं गिर न जाए बर्तन में से," महीवाल कहता और बर्तन को अपने घुटनों में कसकर पकड़ लेता।

"कह दूँगी पड़िया चूँघ गई है," सोहनी कहती और अपनी हथेलियों से उसकी आँखें मूँद लेती। महीवाल उसका सिर हाथों में ले लेता और देर तक उसकी आँखों में झाँकता रहता। वह आँखें न झपकतीं कि कहीं एक क्षण के लिए भी उसका प्रतिबिम्ब आँखों में पड़ने से हट न जाए।

"तुम्हारी आँखें हैं सोहनी कि बहिश्त के दरवाजे! सुबह तुम मुझे इस बहिश्त में दाखिल कर जाती हो और मेरा सारा दिन किसी नशे में बीतता है।"

यद्यपि सोहनी के इस इश्क की किसी को समझ नहीं आई थी, फिर भी, एक साल के अन्दर ही सारे गुजरात शहर में इस तरह बातें होने लगीं, जैसे कोई ज्वालामुखी फूट पड़ा हो। तुले ने सोचा कि सोहनी दुकान पर न आए तो अच्छा है। उसे देखकर बहुत-से लोगों के पाँव डगमगा जाते थे। रिश्ते के लिए भी अब इतने लोग तुले के यहाँ आने लगे कि उन्होंने उसके घर की दहलीज घिसा दी।

सोहनी की माँ ने तुले से सलाह की :

"दिल तो नहीं चाहता कि रानी बेटी घर से जाए, पर आखिर बेटियों को एक दिन पराए घर जाना ही है।"

"सोहनी के बिना हमारा घर अँधेरा हो जाएगा।"

तुले के रिश्तेदारों ने भी सोहनी की शादी जल्दी कर देने की सलाह दी। एक अच्छे खाते-पीते घर के नौजवान से उसकी सगाई कर दी गई। फिर शादी का दिन भी नियत हो गया। बारात शहर से ही आनी थी।

सोहनी को हमेशा यह डर लगा रहता था कि एक दिन उसकी शादी कर दी जाएगी। और अब जबकि शादी तय हो गई थी तो सोहनी ने महीवाल से कहा कि वह उसे कहीं भगाकर ले चले। शादी हो गई तो वह हमेशा के लिए उससे अलग हो जाएगा और फिर उसकी दुनिया पर कभी सूरज नहीं चढ़ेगा।

"नहीं, सोहनी," महीवाल ने समझाया, "तुम्हारे महीवाल का कोई ठौर-ठिकाना नहीं है, न ही कोई रिश्तेदारी है यहाँ, सो इतनी बड़ी दौलत वह सँभाल नहीं सकेगा!"

"तुम तो बड़े इल्म जानते हो, महीवाल, किसी जादू से मुझे भैंस बना लो और अपने रेवड़ में रख लो।" सोहनी की आँखों में अनन्त बेबसी थी।

महीवाल ने उसे सीने से लगा लिया। उसके सीने से लगने में कितनी शान्ति थी! सोहनी का तपिश-भरा दिल ठंडा हो गया।

महीवाल ने दिलासा देते हुए कहा, "सोहनी, इश्क पर भरोसा रखो। हर सुबह तुम्हारी मुहब्बत पर ज्यादा सुनहरी बनकर चढ़ती रही है। घबराओ नहीं, तुम्हारा माही तुम्हें मिलने का कोई तरीका ढूँढ़ लेगा। मेरा दिल कहता है कि हमारी पेंग चाहे अन्त में टूट ही जाए, पर एक बार तो वह आसमान को छू ही लेगी।"

"मुबारक हो तुम्हारी जबान, महीवाल! पर कल मुझे वे यहाँ से ले जाएँगे, और फिर मेरा कुछ भी पता नहीं लगेगा तुम्हें। मैं फिर कहती हूँ कि बचाव का आज ही तरीका सोच लो!" सोहनी की आँखों से आँसू बहने लगे।

"मेरी सोहनी!" महीवाल ने उसे गले से लगा लिया। "अगर मैं रोऊँ तो मेरे आँसू झनाँ को शर्मसार कर सकते हैं, पर इस वक्त तुम्हारे आँसुओं को बोसा देना मेरा पहला फर्ज है। तुम हमेशा मेरे इस सीने में रहोगी, यह शादी तुम्हें मुझसे अलग नहीं कर सकती। तुम मेरा बुत हो, मैं तुम्हारी रूह हूँ। हम एक साथ जीने-मरने के लिए बने हैं। हम दोनों की एक ही मंजिल है।"

दूसरे दिन सोहनी की डोली रवाना करने के लिए सगे-सम्बन्धी इकट्ठे हुए। सखियों-सहेलियों और चाचियों-ताइयों के गले लगकर सोहनी चीखें मारती हुई रो रही थी। उसी समय महीवाल उसकी पंचकल्याणी भैंस को नहलाकर और उसके सींगों पर तेल मलकर ले आया। तब सोहनी जिस तरह रोई, उसे सुनकर, पशु-पक्षी तक उदास हो गए। भैंस के माथे पर के सफेद निशान से गाल लगाकर सोहनी बिलख-बिलखकर रोती रही। आखिर अपने दिल की गहराई में डूबे रहनेवाले महीवाल की आँखें भी छलक उठीं।

"इसका फिक्र न करना, मैं इसे सँभालकर रखूँगा।" महीवाल ने कहा।

सोहनी ने आँसू भरी आँखों से महीवाल की ओर देखा।

"रोते हुए हुस्न में भी क्या जादू है, खुदाया!" महीवाल ने होंठों में धीमे-से कहा और सोहनी के लिए दुआ माँगी।

सोहनी चली गई। सोहनी की निशानियों से महीवाल अपना दिल बहलाता रहा। कभी तुले के पास जाकर बैठ जाता और सोहनी की तरह मिट्टी गूँधने लगा। सुबह-शाम पंचकल्याणी भैंस के माथे पर के सफेद चाँद को चूमकर कहता, "मेरी सोहनी ने यह चाँद चूमा था, पर सोहनी के बिना यह घर अँधेरा है।" तब उसके मुँह से आह निकल जाती।

दो महीने में सोहनी की माँ भी उदास हो गई। उस घर में सोहनी का बहुत महत्त्वपूर्ण स्थान था। आखिर माँ ने सोहनी के लिए सामान तैयार किया और महीवाल को वह सामान देकर सोहनी की ससुराल में भेजा।

सोहनी की ससुराल में महीवाल का बहुत आदर-सत्कार हुआ। सोहनी ने भी उसकी कुशलता पूछी, और फिर एकान्त समय पाकर उसे अपना दुःख कह सुनाया—

"माही मेरे, तुम्हारी सोहनी की जान पानी से निकली हुई मछली की तरह तड़प रही है। अगर चाहो तो बचा सकते हो, वरना मेरी रूह यह जिस्म छोड़कर कहीं परवाज न कर जाए।"

"घबराओ नहीं," महीवाल ने कहा। "यह दो महीने मैंने तुम्हारी निशानियों

को चूम-चूमकर बिताए हैं। और मेरे दिमाग में किसी फैसले की रोशनी चमकी है। आज नया चाँद चढ़ा है। अगला चाँद चढ़ने से पहले मेरा चाँद मेरे सीने पर चमक रहा होगा।"

सोहनी की सास ने हाथ जोड़कर महीवाल से कहा कि लौटने पर वह सोहनी की माँ से कहे कि अभी उनका चाव पूरा नहीं हुआ है, बच्चों की भी अपनी भाभी को देख-देखकर तृप्ति नहीं हुई है, सो वे अभी सोहनी को भेज नहीं सकेंगे। रोजों के बाद वे खुद उसे उसके मायके छोड़ आएँगे।

सोहनी के पास से लौटने के सात दिन बाद महीवाल ने सोहनी की माँ से कहा, "सोहनी के बिना दिल नहीं लगता है। सो अगर आप कोई और महीवाल ढूँढ़ लें तो मैं छुट्टी चाहूँगा।"

"बेटा, मैं भी जीती हूँ, खाती हूँ, रहती हूँ—पेट की अँतड़ियों से बिछड़कर। धीरे-धीरे तुम्हारा दिल भी लग जाएगा। तुम कह रहे थे न कि और दो महीनों तक वे खुद ही सोहनी को मिलने के लिए यहाँ छोड़ जाएँगे।"

पर महीवाल का इरादा पक्का था। जब वह नहीं माना तो उसकी जगह दूसरा आदमी रख लिया गया।

"कहाँ जाओगे, मेरी सोहनी के महीवाल?" माँ ने उसे तब तक की तनख्वाह के रुपये और साथ में कपड़े देते हुए कहा।

महीवाल रुपये नहीं ले रहा था। पर मजबूर करने पर आखिर उसने उनमें से दस रुपये रख लिये और कहा, "मुझे इस वक्त जरूरत नहीं है, अपने पास ही रहने दीजिए। मैं एक पीर को जानता हूँ, उसके पास रहने से मेरे दिल को तसल्ली मिलेगी। सो अब जाकर उसी की खिदमत में अपने दिन बिताऊँगा।"

महीवाल को गए हुए सात ही दिन बीते थे कि झनाँ दरिया के उस पार जो मजार था, उस पर किसी पहुँचे हुए पीर के बैठने की चर्चा होने लगी। लोग कहते कि उसके पास इल्म और अमल दोनों ही हैं। वह गाता है तो खुद ईश्वर आकर उसके पास सुनने के लिए बैठ जाता है। उसके गोरे सुन्दर चेहरे पर एक जलाल दिखाई देता है।

फिर और सात दिन गुजरे कि गुजरात शहर के लोग उसके पास आए और उन्होंने एक हफ्ते के लिए उसे अपने शहर आने के लिए मना लिया।

जिस बाग में बुखारा का डेरा उतरा था, उसी में उस पीर का डेरा लगा। डौंडी पिटा दी गई। लोग जियारत के लिए वहाँ आने लगे। अरबी-फारसी के विद्वान, उस पीर के मुँह से लोग ईश्वर सम्बन्धी बातें सुनते तो किसी सरूर में डूब जाते।

तुला तो एक आदमकद फूलदान बना रहा था, सो उसे फुर्सत ही नहीं थी। इसलिए उसकी पत्नी अकेली ही पीर के दर्शन करने के लिए गई। शहर का दूसरा सिरा था वह। सोहनी के ससुराल का घर भी उसी ओर था। सोहनी भी अपनी सास के संग वहाँ आई। माँ-बेटी गले लगकर रोईं। सोहनी का रंग एकदम पीला पड़ गया था। सास और माँ दोनों ने पीर की नजर माँगी।

पीर की आँखें देखते ही सोहनी के चेहरे पर एक क्षण के लिए आभा आई। पीर ने पानी का प्याला माँगा। सास उठकर पानी लेने गई। पीर ने सोहनी की नब्ज देखी। फिर एक कागज का ताबीज उसके हाथ पर रखकर उसकी मुट्ठी बन्द कर दी।

पानी आ गया। दुआ पढ़कर पीर ने वह पानी सोहनी को पिला दिया। "अल्लाह मेहर करेगा।"

सोहनी घर लौटी। उसकी बाँहें जैसे पंख बन गई थीं। भविष्य पर डाले हुए सभी काम उसने उसी दिन कर लिये। कपड़े धोए, रसोई की सफाई की, घर का और काम किया। फिर दोपहर के बाद उसने वह ताबीज खोला। जब उसे पढ़ा तो जैसे सातवें आसमान में पहुँच गई। उसमें लिखा था—

"मेरे खयालों को फल लगा। खूबसूरत हाथ मैंने फिर हाथों में लिया। नये चाँद से पहली रात को मैं इसी बाग में हूँगा। आधी रात के बाद सोयी हुई दुनिया को कोई होश नहीं होता। सो तुम निडर होकर आ जाना। बाग के बेआबाद कुएँ की तरफ, दरिया के पास, एक बूढ़ा आम है। उसके नीचे मैं अपने चाँद का इन्तजार करूँगा।"

सोहनी फिर पीर को मिलने नहीं गई। उसने सास को कह दिया कि पीर की करामात की बदौलत वह अब ठीक है। पीर हफ्ता-भर रहकर अपने डेरे पर चला गया। इस बात को काफी दिन हो गए थे, और कल नया चाँद चढ़ने वाला था। सोहनी ने चौके-चूल्हे का सारा काम खत्म किया तो सास ने खुश होकर कहा, "अगर आज ही की तरह चौके का काम झटपट खत्म कर लिया करो तो कितना अच्छा हो!"

"यूँ ही देर हो जाया करती थी, माँ। आगे से मैं इसी तरह करूँगी।" सोहनी का लहजा माँ को अच्छा लगा।

आधी रात के समय सभी सोए हुए खर्राटे ले रहे थे। सोहनी उठी और दबे पाँव घर से निकली। गली में हाथ पसारा नजर नहीं आता था। पर गली से बाहर होते ही आसमान से रोशनी झरती हुई प्रतीत हो रही थी। उस मद्धिम-सी रोशनी में किसी की शक्ल यद्यपि दिखाई नहीं देती थी, पर रास्ता साफ दिखाई दे रहा था।

सोहनी ने पीछे मुड़कर नहीं देखा। वीरान कुएँ के पास जाकर वह दरिया की ओर चल दी। आगे जाने पर उसकी आँखें बूढ़े आम को ढूँढ़ ही रही थीं कि किसी ने उसे बाँहों में भर लिया। सोहनी ने अपने अंग ढीले छोड़ दिए और होंठ अपने महीवाल के सिर से लगा दिए। उसका दिल महीवाल की चट्टान-जैसी छाती के साथ लगा हुआ धड़क रहा था।

"अगर कहो तो इसी तरह सातवें आसमान में उड़ चलें, सोहनी!"

"नहीं, महीवाल, मुझे यह धरती प्यारी लगती है, जिस पर तुमने जन्म लिया है और मुझे मिले हो," सोहनी ने खुश होकर कहा।

"तुम सच कहती हो, यह धरती बहुत खूबसूरत है। इस आम को ही देखो, जैसे हमारे इश्क की पर्दापोशी के लिए इसकी टहनियाँ और झुक गई हों। आओ, मेरे सामने बैठो, और वह बातें करें, जिनका न शुरू है, न आखिर।"

सोहनी बैठ गई। महीवाल ने आम के पास से एक घड़ा उठाकर बीच में रख लिया।

"मेरा महीवाल इस पर तैरकर आया है?" सोहनी ने घड़े पर हाथ फेरकर पूछा।

"तैरने के लिए मुझे इसकी मदद की जरूरत नहीं है। तुम्हें मिलने के लिए मेरी यह बाँहें एक नहीं, ऐसे दो दरिया भी तैरकर पार कर सकती हैं। पर एक तमन्ना थी तुम्हारे साथ बैठकर कुछ खाने की। मैं अपने हाथों मछली भूनकर लाया हूँ। घड़े का मुँह ऊपर से बाँधकर मैं इसे अपने साथ तैराता हुआ लाया हूँ।"

जब उसने घड़े में से, सफेद कपड़े में बँधी हुई मछली निकाली तो सोहनी को उसमें से बड़ी ही भीनी खुशबू आई। महीवाल ने मछली का एक टुकड़ा तोड़कर उसके मुँह में डाला।

"और, महीवाल, और," सोहनी ने कहा और उसकी गोद में बैठ गई। महीवाल उसके मुँह में मछली के छोटे-छोटे टुकड़े डालता रहा। सोहनी की आँखें खुली थीं या बन्द, वह देख नहीं सकता था। पर सोहनी के दिल में क्या हो रहा था, वह उसे महसूस कर रहा था। सोहनी के दिल की धड़कन उसे सब कुछ बता रही थी।

किसी पक्षी ने अपने बच्चे को इस प्रकार खिलाया नहीं होगा! "कहीं कुछ देर के लिए वक्त खड़ा हो जाए!" महीवाल ने कहा। तभी सोहनी अचानक उठ खड़ी हुई।

"बाकी की मछली अब मैं तुम्हें खिलाऊँगी।" सोहनी ने कहा। "किस बहिश्त से तुम यह लेकर आए हो?"

"सौ बार कुर्बान जाऊँ तुम पर, सोहनी! तुम्हारे हाथों से खाकर मैं सब कुछ भूल जाऊँगा।"

कुछ देर के बाद सोहनी ने घड़ा उठा लिया। "कितना खूबसूरत घड़ा है!"

"इस घड़े पर थपकी देकर मैं खुदा के नाम पर तुम्हारा इश्क गाता हूँ।"

"और यह क्या है, इसके गले के साथ?"

"यह कटार है, जो मेरे अब्बा ने घुड़सवारी में मेरी महारत देखकर मुझे इनाम के तौर पर दी थी और कहा था, 'इसे हमेशा अपने पास रखना, कभी काम आएगी।' और मेरे अब्बा बहुत अक्लमन्द आदमी समझे जाते हैं।"

"और तुम्हारी माँ? वह बहुत खूबसूरत होंगी?"

"हाँ, सोहनी, वह बहुत ही प्यारी औरत थी; पर वह भी मेरी तरह इस दुनिया से मुँह मोड़े हुए थी। मेरे अब्बा की दौलत और शान-शौकत उसे अच्छी नहीं लगी। मेरी तरह ही वह भी किसी के लिए भूखी थी। मुझ पर तो तकदीर मेहरबान हो गई, पर वह...वह..."

"हाँ?" सोहनी ने उसे रुकते हुए देखकर पूछा।

"वह मेरी जुदाई सहार नहीं सकी।"

"तो तुम्हें कब खबर मिली उसकी? क्या हुआ उसे?"

"वफात तो उसकी मेरे आने के बाद ही हो गई थी। अब्बा ने खबर भेज दी थी इस बारे में। पर सआदत ने मुझे बताया नहीं। सिर्फ जाते वक्त ही बताया।"

"उफ्! मेरी जिन्दगी उस प्यारी औरत की मौत बन गई। मैं बहुत शर्मिन्दा हूँ।"

"नहीं सोहनी, न तुम, न मैं, न मेरी माँ—हममें से कोई भी इस दुनिया का साझीदार नहीं है। हमें इसकी कँटीली बाड़ के बाहर ही वक्त बिताना पड़ता है। कभी कोई फलदार टहनी इस बाड़ के बाहर झूल जाने पर तुम्हारे मेरे-जैसे किसी आदमी की तकदीर को हिलोर दे जाती है। पर कब तक? बागबान किसी दिन भी हमें कत्ल करने का हुक्म देकर हमारे इश्क को सिर्फ दास्तान बना देता है।"

सोहनी ने उसका सिर दोनों हाथों में लेकर अपने निकट किया। "ओह, महीवाल, तो हाथ आई टहनी के फल तोड़ लो, भर लो अपनी झोली, भर दो मेरी झोली—फिर चाहे बागबान हमें कत्ल ही कर दे।"

महीवाल ने अपनी सारी रूह सोहनी की आँखों, होंठों, अंग-अंग में समाकर कहा, "सोहनी, हम वह चिराग नहीं हैं जिसका तेल खत्म होने से पहले ही और भर दिया जाता है, या जिसे जब जरूरत हो, जला लिया जाता है। हम ऐसी बाती हैं जिसके दोनों सिरों को आग लगी हुई हो। बस जलकर खत्म हो जाने में ही हमें तसल्ली मिलेगी। शोला भड़ककर जमीन-आसमान

को रोशन कर जाता है। मद्धिम-सी लौ सिर्फ कुछ कदमों का रास्ता ही रोशन करती है और आदमी ठोकर खाने से बच जाता है। पर वह दोनों आलम को रोशन नहीं कर सकती।"

सोहनी को लगा कि वह सिर्फ एक आशिक के सामने ही नहीं, किसी औलिया के सामने भी बैठी हुई थी। उसने दोनों आलम देख लिये। उसी हालत में तीन घड़ी समय बीत गया। महीवाल ने तहमद-कुर्ता उतारकर सिर पर बाँध लिया। सोहनी चौंक उठी।

"तुम्हारे चाँद-जैसे गोरे जिस्म ने अँधेरी रात को रोशन कर दिया, मैं तो डर ही गई!"

काली रातें आशिकों के लिए चाँदनी रातें बन गईं। उनमें वे स्वर्ग का आनन्द अनुभव करते। फिर ज्यों-ज्यों चाँद छोटा होता गया, रातों का अँधेरा बढ़ता गया, पर आशिकों का संसार उज्ज्वल होता गया।

कई मुलाकातों के बाद एक काली रात के प्रकाश में सोहनी बूढ़े आम के नीचे खड़ी प्रतीक्षा कर रही थी। यह पहला मौका था कि महीवाल को देर हो गई थी। वह हमेशा सोहनी से पहले पहुँच जाया करता था। आज जब सोहनी उसके गले लगी तो हमेशा की तरह उसकी टाँगें फौलादी स्तम्भ नहीं थीं। उसके कदम डगमगा गए। सोहनी को लगा कि कोई खास बात है। उसने झट उसके गले से बाँहें हटाकर पूछा, "मेरा महीवाल ठीक तो है? उसके कदम डगमगा क्यों गए हैं?"

"बिलकुल ठीक हूँ, सोहनी। एक छोटा-सा हादसा हो गया था।"

"वह क्या? कैसे?" सोहनी ने चिन्तित होकर पूछा।

"कुछ खास नहीं। आज जब मेरा हाथ किनारे लगा तो मुझे महसूस हुआ, जैसे किसी ने दो दराँतियाँ मेरी बाईं जाँघ में धँसा दी हैं। मैंने झट घड़े से कटार खोली और उन दराँतियों को काटने लगा, पर वे मुझे नीचे-ही-नीचे खींचे जा रही थीं। मैंने मजबूती से किनारा पकड़ा हुआ था। आखिर लगा कि वे दराँतियाँ

मेरी जाँघ को चीरकर निकल गई हैं। मैं बाहर आया। देखा कि मेरी जाँघ में से मांस का टुकड़ा कटकर निकल गया था। शायद कोई मगरमच्छ होगा। मुझे तुम्हारे दरबार में हाजिर होना था, सो वह मुझे कैसे ले जा सकता था।"

सोहनी उसकी जख्मी टाँग से चिपट गई। महीवाल ने दिलासा दिया और उसे अपनी पगड़ी दी ताकि वह उसे फाड़कर पट्टी बाँध सके। उसने खुद भी पट्टी बाँधी थी, पर वह अब ढीली पड़ चुकी थी।

सोहनी पट्टी बाँधते हुए बेहोश होने लगी कि महीवाल ने उसे अपने साथ घोंट लिया।

"मेरी पागल सोहनी! उस दिन तुम्हें क्या बताया था मैंने? जिन्दगी के साथ हमारा इस तरह चिपटना ठीक नहीं है। हम बागे-हयात के बाहर के बाशिन्दे हैं, दोनों सिरों से जलने वाली शमा हैं। आओ, अपनी रोशनी में वह कुछ देख लें जो सबको दिखाई नहीं देता। सोहनी आज मैं जिन्दा हूँ, तुम जिन्दा हो, आओ मुहब्बत के फरिश्ते का शुक्र मनाएँ और हाथ में आई हुई शाखे-समर को झुला लें।"

"मैं भूल गई। तुम हो पहुँचे हुए आशिक! मैं तुम्हारी अल्हड़ साथन हूँ। तुम ठीक कहते हो। तुम्हारे कदमों के निशानों पर चलूँगी। लाओ, अब ठीक तरह पट्टी बाँध दूँ।"

पट्टी बँध गई। सोहनी ने कटार को कई बार चूमा, जिस पर अभी तक खून लगा हुआ था। महीवाल ने घड़े में से पोटली निकाली, पर आज सोहनी कुछ खा न सकी। बस यही बहस करती रही कि अभी और जितनी रातें अँधेरी हैं, वह दरिया तैरकर न आए, अपना घड़ा वहाँ छोड़ जाए, उसका जख्म ठीक होने तक वह खुद उसके पास आया करेगी।

महीवाल ने बहुत कहा कि वह अगली रात तक बिलकुल ठीक हो जाएगा, पर सोहनी एक न मानी।

"तुम्हारे-जैसी तैराक मैं बेशक नहीं हूँ, पर दरिया का आधा पाट मैं जरूर तैर सकती हूँ। बाकी आधा तुम्हारे घड़े के सहारे पार कर लूँगी।"

महीवाल हाँ कहना चाहता था, पर हर बार उसे वे दराँतियाँ याद आ जातीं।

"तुमने खुद ही कहा था कि हम दोनों सिरों से जलने वली शमा हैं। इस तरह आखिर कब तक जलते रहेंगे? एक दिन तो खत्म होना ही है। कुछ दिन तक मैं तुम्हें बिलकुल नहीं आने दूँगी। खुद आऊँगी तुम्हारे पास।"

सोहनी ने घड़ा उठाकर एक झाड़ी में छिपा दिया। महीवाल जो मछली लाया था, वह वैसे ही पड़ी रही। आखिर महीवाल ने जाते समय उसे दरिया की मछलियों में मिला दिया।

सोहनी कई रातों तक तैरकर झनाँ के उस पार जाती रही। महीवाल के घड़े को उसने बाँहों में लेकर सीने से लगाया हुआ होता और उस पार पहुँच जाती। किनारे पर प्रतीक्षा में इधर-उधर चल-फिर रहे महीवाल को देखती तो उसकी रफ्तार बढ़ जाती। महीवाल उसे बाँह से पकड़कर बाहर निकालता और उसके गीले कपड़ों के किनारे अपने मुँह में निचोड़कर कहता, "यह मेरा आबेहयात है, सोहनी।"

दिन के समय जब वह झनाँ की ओर देखता तो उसे हर लहर सोहनी बनी हुई प्रतीत होती। कभी कहीं से, कभी कहीं से, उसे सोहनी की गोरी बाँहें दिखाई देतीं और वह जैसे किसी नशे में गुनगुनाने लगता।

सोहनी के प्यार का भी कोई आर-पार नहीं था। महीवाल का झनाँ तैरकर उसके पास आना वह ईश्वर की मेहर समझती थी पर खुद झनाँ चीरकर अपने महबूब के पास पहुँच जाने में वह अपनी बाँहों की जीत महसूस करती थी। उसके दिल का कमल खिल उठा और उसके अंग-अंग में से उसकी महक निकलने लगी थी।

सास सोचती कि पता नहीं सोहनी को क्या मिल गया है जो वह इतनी खुश है। इसका कारण वह जान न पाई, और सोहनी की खुशी को वह शक की नजर से देखने लगी। उसने अपनी बेटी को ससुराल से बुला लिया।

माँ-बेटी चौकन्नी होकर रहने लगीं। अँधेरी रातों का उन्हें खयाल न आता। दिन के समय रखवाली करते हुए उन्हें किसी बात का पता न लगा। आखिर बेटी ने रात के समय जागना शुरू किया। और फिर एक रात वह सोहनी के पीछे-पीछे चल दी, और उसने दरिया के किनारे एक झाड़ी में से सोहनी को घड़ा उठाते हुए देखा। घर आकर माँ को बताया और कहा कि अगर इस बारे में सोहनी को बुरा-भला कहा गया तो सारे गाँव में बेइज्जती होगी। आखिर एक तजवीज उसने माँ को बताई और कहा, "अच्छा हो हम चुप ही रहें और घर के कलंक को दरिया में बहा दें।"

आधी रात हो गई। सोहनी उठी और घर से निकली। बूढ़े आम के पास पहुँची। झाड़ी में से उसने घड़ा उठाया। हमेशा की तरह उसे चूमा। वह उतना कोमल न लगा। हाथ से उसे झाड़ा। फिर वह झनाँ के किनारे पर पहुँची। एक लहर उसके पाँवों को छू गई। हवा तेज होती जा रही थी।

'हम दोनों सिरों से जलने वाली शमा हैं!...कल आधी रात का चाँद है, फिर कई दिन तक मुलाकात नहीं हो सकेगी', सोहनी ने सोचा और आगे बढ़ी। उसके दिल में मिलने का चाव था, और बाँहों में महीवाल का घड़ा। पर यह उसकी बाँह के साथ कैसी चिकनाहट थी? उसने उसे साफ किया। पर अब यह कीचड़ कैसा था? तभी उसने महसूस किया कि घड़े का ऊपरी भाग गायब था। उसने हाथ से घड़े को टटोलकर देखा, एक जगह उसका हाथ घड़े के अन्दर चला गया। फिर देखते-देखते घड़ा उसकी बाँहों में से निकलकर नीचे चला गया।

उसी क्षण उसके सामने सारी असलियत झलक उठी। उसकी ननद आज जोर-जोर से खर्राटे ले रही थी, पर वे खर्राटे झूठे थे। असल में वह जाग रही थी। कल भी वह आधी रात के समय जाग रही थी। कल जब वह घर से आ रही थी तो उसे शक हुआ था कि कोई उसका पीछा कर रहा है, पर उसने मुड़कर पीछे नहीं देखा था। हाँ, ननद ने ही पक्के घड़े की जगह यह कच्चा घड़ा रख दिया था।

उसे महीवाल की बहादुरी का खयाल आया और अपनी टाँगों और बाँहों में उसने एक नई शक्ति अनुभव की। उसने पूरा जोर लगाकर लहरों के साथ संघर्ष किया, पर सामने से आती हुई तेज हवा थी कि आँधी का रूप धारण करती जा रही थी। सोहनी की बाँहें झूल गईं। दरिया का तीन-चौथाई भाग अभी सामने था। एकाएक सोहनी के मुँह से महीवाल के लिए चीख निकल गई।

'महीवाल—महीवाल! तुम्हारे कहने पर मैंने अमल नहीं किया। मैं चौकन्नी नहीं रही—'एक लहर ने जोर से थपेड़ा मारा। जिन्दगी की शमा का एक सिरा बुझता हुआ दिखाई दिया। पर जैसे उसकी ऊँची उठती हुई लौ में महीवाल की हर चीज उसके सामने साकार हो उठी—नतीजों के प्रति उसकी लापरवाही, उसकी दिलेरी, और उसकी प्यार-भरी बातें। सोहनी के दिल में से एक हसरत उठी—

'जिन्हें मौत ने घेर लिया हो, उन्हें मौत का क्या डर? कभी तुम्हारे सामने जान निकलती तो वह मौत भी मेरे लिए जिन्दगी होती। पर अब तुम्हें मेरी मौत का पता भी नहीं लगेगा...'

और उसकी थकी हुई बाँहें निढाल हो गईं। वह तैरने की बजाय लहरों के साथ बहने लगी। थके हुए अंगों को कुछ आराम मिला। हिम्मत फिर चमकी। उसने बाँहें हिलाईं और तैरने लगी।

'आधा रास्ता—मैं पहुँच जाऊँगी। मेरा महीवाल—मेरी सारी थकान दूर कर देगा। मुझे देखकर कितना खुश होगा! आज वह मेरे कपड़े निचोड़कर सारा पानी पी जाएगा। आज मैं चलकर नहीं जाऊँगी। कहूँगी उस दिन की तरह मुझे गोद में उठाकर ले चले...'

लहर का एक और थपेड़ा लगा। सोहनी को अपनी बाँहें निढाल होती हुई प्रतीत हुईं। अकड़ी हुई बाँहों ने मदद करने से इनकार कर दिया। एक और लहर—एक और लहर—सोहनी फिर सँभली। उसने तैरकर पहुँचने की आशा छोड़ दी...

'मैं चली—महीवाल, मैं चली—खुदा, मेरी लाश को महीवाल तक पहुँचा देना। महीवाल—महीवाल!' तूफान और तेज हो गया। फिर एक लहर आई। 'मही—वाल!' और फिर लहर आई। 'मही—वा—ल!' इसके बाद सोहनी की कोई आवाज नहीं आई।

तूफान को बढ़ते हुए देखकर महीवाल दरिया के किनारे खड़ा हो गया। और कान लगाकर सोहनी की आहट सुनने का प्रयत्न करने लगा। कभी नजर गड़ाकर देखता और ऊँची आवाज में कहता, "जो कोई है, आज पानी में पाँव न रखे।—जो पानी में है, निकल जाए—निकल जा—ए।"

फिर, जिधर से सोहनी आनेवाली थी, वह पागलों की तरह उस ओर दौड़ा। उसने जैसे कोई आवाज सुनी थी। उसने और ध्यान से उस आवाज को सुनने का प्रयत्न किया। उसका हर अंग उस समय जैसे कान बन गया था। पर तूफान का शोर इतना ज्यादा था कि उसे सोहनी की आवाज सुनाई नहीं दे रही थी। कुछ देर के बाद वह एकाएक चौंका। आह! मद्धिम-सी हाँ-हाँ—हाँ, सोहनी की है। और उसी क्षण उसने अपने कपड़े उतार डाले।

"मैं आया—सोहनी, मैं आया!" और वह सोचने लगा, 'दरिया के बीच में वह जरूर पहुँच गई है, वरना यह आवाज़...' वह किनारे के साथ-साथ भागने लगा। कुछ आगे जाकर रुका और मुँह पर दोनों हाथ जोड़कर उसने जोर से पुकारा, "सोहनी!—हिम्मत न हारना। तैरना छोड़ दो। लहरों के संग बहती रहो। मैं आया। बस अभी पहुँचा।"

और उसने दरिया में छलाँग लगा दी। बड़ी तेजी से तैरने लगा। पर तूफान था कि उसे बार-बार रोक रहा था। फिर भी वह संघर्ष करता रहा। कभी गोता लगा जाता। आखिर बाँहों में थकावट महसूस होने लगी। उसने पानी में से सिर उठाकर तीन बार जोर से पुकारा, "सोहनी—सोहनी—सोहनी—!" तभी उसके पाँवों को कोई चीज छुई। उसने हाथ बढ़ाकर उसे पकड़ा। रस्से-जैसी कोई चीज थी। उसने उसे ऊपर खींचा। किसी की बोझल चोटी थी। उसकी जिन्दगी की शमा का एक बुझा हुआ सिरा। दिल में आया कि उसका दूसरा

सिरा भी गुल करके अपने इश्क की दास्तान खत्म कर दे। पर एक बार फिर प्रिय का मुख देखने की लालसा मन में उठी और वह लाश को अपने साथ किनारे पर ले आया।

उसने सोहनी को अपने घुटनों पर लिटाया। पानी उसके अन्दर ज्यादा नहीं गया था। उसने उसकी बाँहें हिलाईं और उसे होश में लाने का यत्न करने लगा। पर जिन्दगी की शमा बुझ चुकी थी।

आखिर उसने सोहनी की लाश को अपने सामने लिटाया, उसके होंठों और बालों को चूमा, और उसके चेहरे पर झुककर कहा, "बागबान आखिर नाराज हो गया, सोहनी! तो भी क्या हुआ? हमने फलों से झोलियाँ भर लीं। हकीकत का हमेशा जलने वाला चिराग कभी वह कुछ न देख सकता, जो तुमने और मैंने जिन्दगी के दोनों सिरों को आग लगाकर देख लिया है।"

उसने सोहनी के बालों को सँवारा, उनमें माँग बनाई, और उसके अंग-अंग को चूमा। झनाँ को चीरकर आई सोहनी के अंगों में एक ताब थी। फिर उसने उसके गले के गिर्द लिपटे हुए कपड़ों को खोला। उसे पहली मुलाकात की वह रात याद आई जब वह तहमद-कुर्ता उतारकर सिर पर लपेट रहा था और सोहनी ने कहा था, 'तुम्हारे चाँद-जैसे गोरे जिस्म ने अँधेरी रात को रोशन कर दिया है।'

सोहनी के कपड़े उतारते समय महीवाल को भी वह तूफानी रात चाँदनी बन गई प्रतीत हुई। और उसके मन में कुछ आया। वह उठकर दरिया के किनारे चला गया। उसने अपने बाकी बचे हुए कपड़े भी उतारकर हाथ में पकड़ लिये और कहा, "इन कपड़ों में, सोहनी, बेशक तुम्हारे हाथों का स्पर्श है, पर अब यह हमारे बीच में आ नहीं सकते।"

उसने कपड़े दरिया में फेंक दिए और सोहनी के पास आया। उसके आँचल का एक सिरा खींचकर उसने अपने गिर्द लपेट लिया और फिर सोहनी को अपनी फौलादी बाँहों में उठा लिया।

"सोहनी, तुम कहती थी कि कोई हमारी शादी होने नहीं देगा, पर अब हमारी शादी को कौन रोक सकता है? तकदीर और बागबान दोनों मुझे

टुकुर-टुकुर देख रहे हैं। दोनों को ललकारकर मैं तुम्हारे साथ शादी करने लगा हूँ।"

और सुदृढ़ कदमों से वह लहरों की ओर चल दिया। पानी में कदम रखा तो आगे-ही-आगे बढ़ता गया। पानी चढ़ने लगा। जब पानी कन्धों तक आ गया तो वह रुका, और उसने कहा, "इस आखिरी बोसे से मैं अपनी शादी तुम्हारे साथ पूरी करता हूँ, सोहनी। बुखारे की मिट्टी को गुजरात की मिट्टी के साथ गूँधकर, इश्क के फरिश्ते को एक लाफानी गुलदान अपने जादू के चाक पर तैयार करने के लिए पेश करता हूँ।" और दरिया के तल से उसने अपने पाँव ऊपर उठा लिये। आलिंगन में बँधे हुए दो संगमरमरी बुत झनाँ के सीने में समाकर अदृश्य हो गए।

# लैला-मजनू

सचमुच रात का मोती थी, बसरे के सरदार की इकलौती बेटी—लैला। दिन के समय उसकी सुन्दरता के दर्शन नहीं हो सकते थे। उन्मत्त यौवन के स्वागत में उठ-उठकर, धक्-धक् करते हुए कुँवारे सीने को, बुर्कों में छिपाकर रखने का प्रयत्न किया जा रहा था।

पर रात के समय? तारों की ओस की तरह झरती हुई रोशनी, या चाँद की चमचमाती हुई चाँदनी में, कभी वह अपने बाग की हर कली के संग अपने दिल की धड़कन सुनती और कभी अपनी बाँदियों से अपनी उस धड़कन का जिक्र करती। उसकी एक बाँदी ने अभी कुछ ही समय पहले किसी से प्यार किया था और उसके अन्दर से संगीत का कोई स्रोत फूट निकला था। एक दिन उसने रबाब पर अपने प्यार को झंकृत किया और प्रेमियों के चश्मे का गीत सुनाया, जहाँ प्रेमी चाँद की चाँदनी में मिलते और मुरादें पाते थे।

"कहाँ है वह चश्मा?" लैला ने आह भरकर पूछा।

"जहाँ आपके बाग की हद खत्म होती है, हुस्न की मलका, वहाँ प्रेम का जंगल शुरू होता है। कुछ दूर जाने पर, खुली जगह यह चश्मा है। इस चश्मे

के बहने में एक लय है। जिसके सीने पर प्यार ने इस तरह जादू कर दिया हो, जैसे रात के वक्त चाँद धरती पर जादू कर देता है, उसे चश्मे की लय में प्यार का कोई सन्देश सुनाई देता है।"

"पर क्या मेरे प्यार के लिए भी उसके पास कोई सन्देश है?" लैला ने अपने सीने पर हाथ रखकर पूछा।

"प्यार के चश्मे का सन्देश सुनने के लिए ऐसा प्यार चाहिए जो हड्डियों में समाया हुआ हो," बाँदी ने कहा।

पर लैला ने न वह प्यार का चश्मा कभी देखा था, न अपने प्रिय के दिल को कभी टटोला था। यमन के सरदार का बेटा, कैस, सिर्फ एक बार उसके पिता की किसी रस्मी दावत पर आया था।

'कैसा चेहरा था उसका!' वह सोचा करती थी। 'और कैसी थी उसकी नजर जैसे दो आँखों में से दो बाँहें किरणों की तरह लम्बी होती हुई मेरी कमर के गिर्द लिपट जाती हों। वह—वह—', उसकी मीठी यादें धुँधली पड़ जातीं—'पर वह तो यमन के सरदार का बेटा है, जिसके खानदान की हमारे खानदान के साथ जद्दी दुश्मनी है। उसे मिलने की मैं कभी उम्मीद भी नहीं कर सकती।' उसके दिल में जैसे कोई चीज टूट गई। 'क्या पता, शायद वह मिलना ही न चाहे।'

कई राजकुमार लैला का हाथ माँगने आते, पर उसका पिता बेटी को प्यार की ओर से लापरवाह-सा देखकर कह देता, "लैला अभी बच्ची है। बड़ी हो ले, फिर देखा जाएगा।"

पर लैला की लापरवाही बचपन की निशानी नहीं थी, वह तो प्यार में सुध-बुध खोने की निशानी थी। उसने फाख्ताओं का एक जोड़ा पाला हुआ था। दूधिया सफेद फाख्ताएँ थीं वे। उनकी प्यार-क्रीड़ाएँ देखकर वह भविष्य में होनेवाली अपनी प्यार-क्रीड़ाओं की कल्पना करती, और इस प्रकार अपने दिल को तसल्ली देती।

कभी चाँदनी में वह एक फाख्ता को खिड़की में से उड़ा देती। कुछ दूर एक पेड़ पर जाकर वह बैठ जाती और कू-कू करती हुई अपने साथी को

बुलाती कि वह भी उसके साथ उस लचकीली टहनी पर बैठकर जादू-भरी चाँदनी में कू-कू बोले।

पर उसके साथी को लैला ने अपने सीने से लगाया हुआ होता। उसके पंखों में उसका छोटा-सा दिल फड़फड़ाता। और उधर टहनी पर बैठी उसकी साथिन के अरमान विरह की हिचकी बन जाते और उसकी कू-कू लैला को अपने आँसुओं में, जो कि अभी बहे न होते, भीगी हुई महसूस होती। उसके अपने हाथों की धड़कन बढ़ जाती, और वह सफेद पंखों को चुम्बन देकर, खिड़की में से हाथ बढ़ाकर, विरह में तड़पती हुई उस फाख्ता को उड़ा देती। तब उसके सीने में से एक आह उठकर पंखों की फड़फड़ाहट में मिल जाती और जैसे कहती, "काश, कभी मेरे पास भी तुम्हारे-जैसे पंख होते।"

पेड़ पर, दोनों फाख्ताओं की कू-कू में, लैला को प्यार की आवाज सुनाई देती और वे उसे एक-दूसरे को चूम रही महसूस होतीं। उस समय वह भी अपने हाथ होंठों पर रख लेती। जब तक उसकी वे फाख्ताएँ प्यार-कल्लोल करके लौट न आतीं तब तक उनकी कू-कू में वह अपने अरमानों की कहानी सुनती रहती।

पर उसका यह खयाल बिलकुल गलत था कि उनकी खानदानी दुश्मनी का कैस पर भी असर होगा। और जितना उसका खयाल गलत था, उतना ही सही उसका यह सोचना था कि उसकी आँखों की नजर लम्बे फासले तय करके, दो बाँहों की तरह उससे लिपट जाती थी। वह कैस के निकट नहीं गई थी। हाँ, कई और राजकुमारों के साथ घूमते हुए उसने उसे देखा था, जबकि वे सब मिलकर शिकार खेलने के लिए जाया करते थे। तब लैला को लगता था कि उनसे आँख चुराकर, इतनी दूर से भी, कैस अपनी नजर की बाँहें लैला तक पहुँचा देता था। ऐसी थी उसकी नजर! ऐसी किरणों जैसी नजरवाला आदमी उसकी दुनिया में पहले कभी नहीं आया था।

फिर इस नजर से प्यार का कोई मोती, चाहे वह रात के समय ही चमकने वाला हो, कैसे छिपा रह सकता था! कैस ने जैद को अपने दिल के अरमान

बता दिए थे। जैद था तो उसका नौकर, पर आशिक किसी को नौकर नहीं रखते, उसे दिल का महरम बनाकर रखते हैं। और जैद तो महरमों का भी महरम था। उससे कैस ने सलाह ली, "अगर मैं बसरे के सरदार के पास चला जाऊँ, और खानदानी दुश्मनी की पोटली उसके पाँवों में रखकर कहूँ कि वह मुझे भी लैला की तरह अपना बना ले?"

"पर मेरे शहजादे, रुतबे में बेशक वह हमारे यमन के सरदार से बहुत छोटा है, पर जिद्द में बहुत बड़ा है। मुझे डर है, वह आपकी पूरी इज्जत नहीं करेगा।"

"तो फिर, जैद, मुझे वह फाख्ताओंवाली बात बताओ," कैस ने ठंडी साँस लेकर कहा। "क्या सचमुच लैला रोज रात को एक फाख्ता उड़ाती है?"

"इस बात को कौन नहीं जानता? उसके महल के आसपास बसनेवाले हर किसी की जवानी कू-कू करने लग गई है।"

"तो फिर जाओ तुम, एक रात उस पेड़ पर छिपकर बैठ जाओ, और उस फाख्ता को पकड़कर मेरे पास ले आओ। पकड़ सकोगे?" कैस की आँखों में कोई आशा चमकी।

"अपने कैस के लिए मैं क्या नहीं कर सकता! आपके पास आने से पहले जंगल ही मेरा घर-बार था, और परिन्दे मेरा इश्क थे।"

दूसरी रात लैला की फाख्ता एक ही बार कू-कू करके चुप हो गई। लैला ने कई बार कान लगाकर सुना, खिड़की में से गर्दन निकालकर इधर-उधर देखा; पर उस पेड़ की ओर से कोई आवाज न आई। आखिर उसने अपने सीने से लगाई हुई दूसरी फाख्ता को भी उड़ा दिया ताकि वह उसे ढूँढ़कर लाए। पर उसकी कू-कू अन्त में जैसे दर्द की हिचकी बन गई, और वह लौटकर लैला के पास आ गई। लैला ने उसे सीने से लगाकर प्यार किया, पर न उसे तसल्ली दे सकी, न खुद तसल्ली पा सकी। हाँ, उसे यह तसल्ली जरूर हुई कि वे दोनों एक ही गम में डूबी हुई हैं।

फाख्ता का वियोग लैला का अपना वियोग बन गया। उस पेड़ पर फाख्ताओं के प्यार-मिलन में वह अपना प्यार-मिलन देखा करती थी। दुआएँ की गईं कि खुदा लैला की फाख्ता को उसकी साथन से मिला दे।

दुआ कबूल हुई। अगली रात ही उस पेड़ पर प्यार भरी कू-कू सुनाई दी। लैला ने बड़ी उत्सुकता से खिड़की खोली और दूसरी फाख्ता की चोंच को चूमकर उसे उड़ा दिया। चाँद की सोई हुई चाँदनी मचल उठी, जब दो विरही आपस में मिलकर कू-कू करने लगे। कुछ ही देर में दोनों फाख्ताएँ पंख फड़फड़ाती हुईं उसकी खिड़की के पास आईं। लैला ने दोनों को पकड़कर अपने धड़कते हुए सीने से लगा लिया।

और यह क्या था—फाख्ता के पंजे में बँधा हुआ? शमा की रोशनी में उसने उसे खोलकर देखा। वह एक खत था। कैस का खत। कभी समुद्र का सीना भी इस तरह नहीं उछला होगा। लिखा था—

"तुम्हारे दिल-जैसी सफेद फाख्ता,<br>
तुम्हारे खूबसूरत दिल का एक टुकड़ा लाकर<br>
मुझे दे गई है।<br>
और उस फाख्ता से तुम भी सुन लेना<br>
मेरे दिल का दर्द<br>
जब वह बोलेगी<br>
तुम्हारे महल के पास के पेड़ पर से।<br>
उसकी आहों में मेरी आहें होंगी<br>
और दोनों फाख्ताओं की मुलाकात में मेरी उम्मीदें।<br>
मेरे दिल की मलका!<br>
आज रात मैं तुम्हारा इन्तजार करूँगा<br>
मुरादों के चश्मे पर<br>
आकर मिलना,<br>
जैसे मिलती हैं तुम्हारी फाख्ताएँ!"

लैला ने फाख्ताओं को छोड़ दिया और बुर्का पहन लिया। यही रात थी वह, जब कैस ने उसे बुलाया था। लैला सोचने लगी—'जाऊँ या न जाऊँ? चश्मे का रास्ता वह जानती नहीं थी। उसकी बाँदी ने उसका अता-पता बताया था, और एक बार लैला की उत्सुकता उसे उस ओर ले भी गई थी। उसने अपने बाग की हद पार कर ली थी, पर आगे बढ़ने पर उसे खयाल आया था कि वह कौन-सी मुराद माँगेगी। प्रेमी के न चाहते हुए, उसके दिल की मुराद माँगना, उसके साथ बेइंसाफी करना है। पहले अपने प्रेमी का दिल तो जीत लिया जाए...।' और वह लौट आई थी।

आज पता लग गया था कि वह उसका दिल जीत चुकी थी। तभी तो उसे रास्ता कहीं भी भूला नहीं। पेड़ों की टहनियों के नीचे, अँधेरे और चाँदनी की नक्काशी पर से चलती हुई वह चश्मे के पास पहुँच गई। धरती के सीने में वह किसी लय और ताल को सुन रही थी।

एक पेड़ की छाया में वह खड़ी हो गई, जिस पर चाँद की रश्मियों ने नक्काशी की हुई थी। उसका दिल पहली मुलाकात के चाव में धड़क रहा था।

'कहाँ होगी मेरी फाख्ता और मेरे दिल का चोर?' लैला ने सोचा और इधर-उधर देखा। तभी सामने से कोई चश्मे की ओर आया। उसने भी इधर-उधर देखा, और जैसे उसने लैला का मौन प्रश्न सुन लिया था। वह सीधा उसकी ओर चल दिया। कुछ क्षणों की प्रतीक्षा भी असह्य हो उठी। लैला पेड़ की छाया में से निकल आई। वे आँखें उसने पहचान ली थीं, जिनके समान आँखें उसे और कहीं दिखाई नहीं दी थीं, और जिनकी नजर में बाँहों के आलिंगन का आभास होता था।

दोनों में से किसी को भी पता नहीं लगा कि उनके बीच का फासला कब मिट गया, और कैसे अछूती और अपरिचित आत्माएँ एक-दूसरी को ऐसे पहचान गईं जैसे उनका बहुत पुराना परिचय हो।

रात के मोती पर सपनों का स्वामी मुस्कराया, और कैस की प्यार-तरंग का साथ देने के लिए शान्त चश्मा एकबारगी छलक उठा। दोनों ने दिलों का

सौदा कर लिया, दोनों की आत्माएँ एक-दूसरी में अभेद हो गईं। उनकी इस मुलाकात को कई प्रेमियों ने चाँद के सीने पर अंकित हुए देखा है और चश्मे के ताल में उसकी कहानी सुनी है।

कई बार कैस और लैला इस चश्मे पर मिले। और एक बार, तकदीर के उलटा चलने की आदत से अनजान बने हुए, वे जंगल में घूम रहे थे।

"लैला," कैस ने कहा, "अगर तुम सिर्फ मेरे प्यार की दुनिया में रहना मंजूर कर लो!"

"मेरे कैस की जो भी दुनिया होगी, वह मुझे मंजूर होगी," लैला ने कहा।

"आओ लैला, इस हसद और दुश्मनियों की दुनिया को छोड़ दें। चलो, सामने के रेगिस्तान के अनन्त फैलाव में खो जाएँ। वहाँ मैं तुम्हारे लिए एक कुटिया बनाऊँगा। जो चाहोगी, वही लाकर दूँगा। हमारे-जैसे ही हमारे पड़ोसी होंगे। फुर्सत के वक्त तुम्हारी फाख्ताओं की तरह हम प्यार करेंगे। तुम सुबह की तरह सदा-सदा मुस्कराना, मैं आजाद किरणों का ताज तुम्हें पहनाऊँगा..."

"कैस, मैं तैयार हूँ। मुझे अपने साथ ले चलो, ताकि मुझे कोई और अपने साथ खींचकर न ले जाए।"

"तो फिर और इन्तजार कैसा? चलो, अभी चलें!"

"नहीं, कैस, कल! आज रात मैं अपनी फाख्ताओं को अलविदा कह लूँ।"

"अच्छा, जैसा तुम चाहो। कल, इसी वक्त, इसी जगह, मैं तुम्हारा इन्तजार करूँगा।"

लैला ने महल में आकर सोई हुई फाख्ताओं की ओर चुम्बन फेंका। और फिर मीठी नींद में खो गई। नींद ने भी उसे कैसे हिलोरें दिए। नींद में ही, रेगिस्तान में कुटिया बन गई। कैस उसे सामने से आता हुआ दिखाई दिया। सभी काम छोड़कर वह दरवाजे की ओर लपकी। उसके चेहरे पर उसने एक स्वर्ग देखा! कैस ने अपने हाथों में उठाई हुई चीजें नीचे रखकर लैला की कमर में बाँहें डाल दीं...

आँखें खुल गईं। लैला ने खिड़की में से बाहर देखा, चाँद अभी ढला नहीं था। काफी रात बाकी रहती थी। उसे फिर नींद आ गई।...उसने अपनी कुटिया में झाड़ू लगाया, कैस के कपड़े धोए, उसके लिए पानी गर्म किया। चूल्हे में आग नाच रही थी। उसके ताल पर कोई गीत लैला के होंठों से फूट पड़ा...। नहीं, नहीं, अभी सुबह नहीं हुई; और लैला फिर सो गई। कैस अपने कुदाल और कुल्हाड़े पर से मिट्टी झाड़ रहा था। लैला एक रकाबी उठाए आ रही थी, जिसमें से भाप उठ रही थी। "कैसी खुशबू है यह!" कैस ने कहा, "यह तुम्हारी खुशबू है लैला, या तुम्हारे पकवान की?" लैला के होंठों पर मुस्कराहट आई और जैसे झरने लगी। कैस ने उसके नीचे अपने दिल का प्याला धर दिया। प्याले का किनारा लैला के होंठों से छूने की देर थी कि लैला का सारा शरीर काँप उठा।... नींद टूट गई। फिर कोशिश करने पर भी नींद नहीं आई। दिन चढ़ आया था। सपने पीछे रह गए थे।

कल रात, जब वह चश्मे की ओर गई थी, तो उसने अपने पीछे पत्तों की आवाज सुनी थी और एक-दो बार मुड़कर पीछे देखा भी था। 'हवा होगी,' उसने मन में कहा था। पर वह हवा नहीं थी, बल्कि राजकुमार इब्बन का जासूस था। इब्बन कई बार लैला का हाथ उसके पिता से माँग चुका था। पिता कहता था, "लैला जवान हो ले।" पर इब्बन को शक हो गया था कि लैला के दिल पर किसी ने कब्जा किया हुआ है।

इब्बन के जासूस ने कैस और लैला की बातें उसे आकर सुनाईं। इब्बन ने लैला के पिता को बता दिया। पिता तैश में आ गया। पर लैला उसके दिल का टुकड़ा थी। गुस्से और ईर्ष्या की आग में जलते हुए उसके दिल पर लैला ने जैसे अपने प्यार का पानी छिड़क दिया। सो लैला को वह कुछ न कह सका। सिर्फ यही कर सका कि दोपहर से पहले उसने लैला को वहाँ से अपने पहाड़ीवाले मकान में भेजने का हुक्म दे दिया।

दिन-भर की प्रतीक्षा के बाद रात के आसमान पर चाँद चढ़ा। चश्मे की सफेद रूह को, कैस अपने दिल का हर पहलू दिखाकर अपने चुनाव की इजाजत चाह रहा था। "बेशक, शिकार खेलने के अलावा मैंने और कोई काम नहीं किया है, पर मेरा दिल कहता है कि जब लैला मेरे साथ होगी और मेरी तरफ देख रही होगी तो मैं नई किस्मतों को जन्म दे सकता हूँ, रेगिस्तान को गुलशन बना सकता हूँ, और लैला की रूह में तारों-भरा आसमान चमका सकता हूँ।"

और उस समय लैला उससे बहुत दूर थी, पहाड़ों में घिरे हुए आसमान के तारों को देख रही थी।

कैस हर आहट पर चौंककर उधर देखता। पर कोई नहीं आ रहा था। सिर्फ हवा ही पत्तों से अठखेलियाँ कर रही थी।

"वह नहीं आई! आह, एक बेमिसाल नक्शा मिट गया!" उसके दिल से एक ठंडी आह निकली।

"अगर इतने पक्के वादे के बाद वह नहीं आई तो फिर कभी भी नहीं आएगी..."

सूरज की पहली किरण के साथ कैस की आशा मिट गई। उसके मुख से चीख निकली, "हाय लैला!" तब सारा जंगल गूँज उठा। फिर "लैला, लैला!" कहता हुआ कैस जंगलों में चला गया।

जैद अपने राजकुमार को ढूँढ़ने के लिए निकला। उसे ढूँढ़ना मुश्किल नहीं था। हर पत्ता कैस की कहानी दुहरा रहा था। कैस को ढूँढ़कर जैद वापस घर ले आया। हकीमों ने कहा, "कोई बीमारी नहीं है, बस इश्क अपनी शिद्दत में जुनून बन गया है।"

लोगों ने कैस को मजनू कहना शुरू कर दिया।

पर जब जैद ने पता लगाकर उसे बताया कि क्यों लैला उस रात चश्मे पर नहीं आई थी, और किस तरह उसकी याद में, पहाड़ों के पीछे अपने-आपको तबाह कर रही थी तो कैस का जुनून एकदम ठीक हो गया।

कैस अपने पिता की आँखों का तारा था। हर व्यक्ति ही उसे बहुत चाहता था। उस-जैसा निश्छल और प्यार-भरा दिल एक अरसे से किसी का देखा नहीं गया था। पिता ने फैसला कर लिया कि वह बेटे पर अपनी जिद्द कुर्बान कर देगा, और बसरे के सरदार के पास जाकर उसके लिए लैला का हाथ माँगेगा। बसरा उसके राज्य से कहीं छोटा राज्य था। उसने सोचा कि दोस्ती का हाथ बढ़ाकर वह दुश्मनी की दीवार को धक्का दे देगा और उसे ढह ढेरी कर देगा।

उसकी प्रजा का खयाल भी यही था कि अपने पास चलकर आए दुश्मन को देखकर बसरे का सरदार सारी दुश्मनी भूल जाएगा।

पर बसरे के सरदार को लगा कि यमन के सरदार का अपमान करने का यह बहुत अच्छा मौका है। रस्मी स्वागत के बाद उसकी माँग का उत्तर बसरे के सरदार ने इस प्रकार दिया—

"आपकी माँग मेरे सिर-माथे पर—पर मैंने सुना है कि कैस मजनू बन गया है। पहले उसका इलाज करा लीजिए। मेरी लैला बेशक जवान हो गई है, फिर भी मैं कुछ देर इन्तजार कर लूँगा।"

यमन के सरदार को सुनकर बहुत दुख हुआ। रह-रहकर उसका हाथ अपनी तलवार की मूठ पर जाना चाहता था, और अपने उस अपमान का बदला लेना चाहता था, पर बेटे का खयाल उसके हाथ को रोक देता था।

वह लौटकर अपने घर आया। पता लगा कि कैस को उसके वहाँ जाने की खबर मिल गई थी। सो लड़ाई के खतरे से बचने के लिए वह दुआ माँगने मक्का चला गया था।

पिता भी उसके पीछे गया। रास्ते में उसने अपने दोस्त-राजाओं से सलाह-मशविरा किया। उन्होंने भी बसरे के सरदार के रवैये की निन्दा की। और शाह नौफाल ने जिम्मा लिया कि वह बसरे जाकर उसे समझाएगा।

शाह नौफाल का कहना भी उसने नहीं माना। शाह नौफाल ने धमकी दी। बसरे के सरदार ने उसकी धमकी मंजूर कर ली। राजकुमार इब्बन ने

एक हजार सिपाही उसकी मदद के लिए भेजे। पर एक ही दिन में बसरे की फौजें भाग खड़ी हुईं।

यमन का सरदार और शाह नौफाल उसे फिर समझाने आए।

"दो खानदानों में दुश्मनी की बढ़ती हुई खाई पर लैला पुल बन सकती है। दुश्मनी की तलवार फेंककर हम दोस्ती में आपका हाथ पकड़ने के ख्वाहिशमन्द हैं। हाँ कहिए, बसरे के अच्छे सरदार! लोग भी बच जाएँगे, और दो खानदानों पर दोस्ती का नया सूरज चढ़ेगा।"

पर दुश्मनी का जहर बसरे के सरदार की नस-नस में समा चुका था। उसने कड़ककर कहा, "मैं हार गया हूँ, इसमें शक नहीं; पर यह बता दूँ कि लैला को आप जीत नहीं सकेंगे। मेरे एक इशारे पर लैला लाश बना दी जाएगी। लैला को जिन्दा मेरे हाथ से आप नहीं ले जा सकेंगे।"

शाह नौफाल और यमन का सरदार सोचने लगे। आखिर उन्होंने एक दिन की मोहलत और माँगी। "कल इसी वक्त हम फिर आएँगे। अगर आपने अक्लमन्दी-भरा फैसला न किया तो सिर्फ एक ही शर्त पर लैला को अपने पास रख सकेंगे—कि आपको हमारी अतायत कबूल करनी पड़ेगी।"

बसरे के सरदार ने इब्बन से सलाह की। इब्बन भी लैला को छोड़ना नहीं चाहता था। उसके पास तीन हजार सिपाही और थे। उसकी मदद के वादे ने बसरे के सरदार की हिम्मत बँधाई। "बसरा न अतायत कबूल करेगा, न लैला देगा। अगर मैं हार गया तो लैला की लाश ही आपके हाथ लगेगी।"

यह जवाब सुनकर शाह नौफाल और यमन का सरदार आगबबूला होकर लौटने ही लगे थे कि एक सवार ने हाँफते हुए घोड़े से उतरकर खबर दी कि अमुक स्थान पर एक पेड़ के पास उसने कैस को मरे हुए देखा है। वह जैसे पेड़ से टक्करें मारकर मरा है।

यमन के सरदार ने सुना तो बेहोश होकर गिर पड़ा। शाह नौफाल ने उसे सँभाला। फिर ललकारकर बसरे के सरदार से कहा :

"ओ कैस के कातिल! तुम्हें बदला देना होगा।"

इब्बन ने कई आदमी जंगल में भेजे हुए थे ताकि कैस को ढूँढ़कर कत्ल कर दिया जाए। कैस की मौत की खबर का सुनाया जाना भी उसी की साजिश थी कि खबर सुनकर यमन के सरदार का दिल टूट जाए और वह लड़ न सके।

और उसकी यह चाल सफल हुई। लैला को जीतने का सवाल खत्म हो गया, और कैस की मौत की खबर ने कोई आशा बाकी न रहने दी। यमन की फौज का जोश कम हो गया।

लड़ाई हो रही थी। दोनों ओर की फौजों की तलवारों के बीच में लैला का दिल जख्मी हो रहा था। कैस की फौज का भी हर सिपाही उसे अपना ही प्रतीत हो रहा था, और अपने पिता की हार उसे अपनी और अपने पिता की मौत दिखाई दे रही थी।

यमन के सरदार को बेटे की मौत का गम कमजोर बना रहा था। इब्बन को उसकी साजिश की सफलता हौसला दे रही थी। इब्बन की जीत होने लगी। यमन का सरदार मारा गया। शाह नौफाल ने अपनी तलवार से अपना सिर काट डाला।

बसरे के सरदार को भी गहरे जख्म मिले।

दूसरे दिन राज्यों का हुलिया ही बदल गया। सारे इलाके पर इब्बन की हुकूमत का ऐलान हो गया, क्योंकि बसरे का सरदार भी जीवित नहीं रहा था। अब लैला को न अपने पिता की आशा थी, न कैस की। सो उसने अपनी प्रजा के जोर देने पर इब्बन के साथ शादी करनी मंजूर कर ली।

कैस अब बिलकुल ही निराश हो चुका था; वह अपना देश छोड़कर वहाँ से कहीं दूर चला गया। जैद ने लैला के महल में नौकरी कर ली। लैला के लिए वह कैस की निशानी थी। वह जानता था कि कैस मरा नहीं है। वह सिर्फ यह जानना चाहता था कि लैला को अपना कैस याद है या नहीं। लैला का इश्क जंगल की वह आग था जो एक सिरे से शुरू होकर दूसरे सिरे तक सब कुछ जलाकर राख करने पर ही बुझती है।

जैद कैस का पता लगाता रहा और एक साल में ही वह उसे बदले हुए भेस में लैला के शहर में ले आया। लैला को पता लगा तो उसे खुशी से ज्यादा उदासी हुई; एक बार सीने पर हाथ मारकर उसने खुद से कहा—

"ओ बदनसीब लैला, कैस तुम्हारा जिन्दा है, और तुम?"

कैस ने उसे सन्देश भेजा था कि रात को वह प्रेमियों के चश्मे पर आए। दिन-भर वह उन दिनों को याद करती रही, जब उसके कुँवारे सीने में कोई समुद्र हिलोरें लिया करता था, फाख्ताएँ प्यार-कल्लोल किया करती थीं, उसके दिल का चोर उसकी एक फाख्ता चुराकर ले गया था, पर उसके दिल की बजाय अपना दिल फाख्ता के पंजे में छिपाकर लौटा गया था। ओह! चाँद की नजर तले, प्रेमियों के चश्मे पर।

लैला बुर्का पहनकर महल में से निकली। वह तेजी से चश्मे की ओर जा रही थी। अपने बाग की हद पर पहुँचते ही जैसे उसे किसी ने रोक लिया। यह क्या? एकाएक उसका दिल धड़कने लगा।

"मैं लैला तो रही नहीं, लोगों की मलिका बन गई हूँ...।"

दिल में पीड़ा उठी। वह एक पेड़ तले बैठ गई। पेड़ की छाया हवा के कारण धीरे-धीरे हिल रही थी। लैला को लगा, वह उसे कुछ कह रही थी—'लोग कहेंगे, उनकी मलका बेवफा निकली। लोगों की गैरत जख्मी हो जाएगी। हर कोई कहेगा कि मलका का इखलाक अच्छा नहीं है...'

दिल की पीड़ा अब एक शून्यता बन गई। लैला की आँखों के सामने अँधेरा छा गया। मुड़कर देखा—उसका महल अपनी मलका को जैसे नाराजगी से देख रहा था।

वह लौट गई। कैस सारी रात प्रतीक्षा करता रहा।

लैला ने जैद को कहा कि वह आशिकों के सरदार से माफी माँग ले। पर कैस ने जवाब भेजा—

"तुम ठीक थीं लैला। गलत मैं था, जिसने तुम्हें इस हद तक प्यार किया।"

और कैस फिर दूर, बहुत दूर, चला गया।

लैला मलका बनकर अपने फर्ज को निभाती रही। पर इब्बन का सिर इतने बड़े राज्य और हुकूमत के नशे ने फिरा दिया। वह बहुत विलासी बन गया। कई रोग उसे लग गए। दो-तीन सालों में ही उसका फौलादी शरीर फूल गया। अब उसमें न ईर्ष्या की आग थी, न प्यार की भावना। आखिर वह मर गया; लैला विधवा हो गई।

कैस को जैद ने खबर पहुँचा दी। घनघोर बादलों में से आखिर कोई किरण दिखाई दी। वह एक सौदागर के भेस में लैला के शहर में आया। और जैद को उसने कहा—

"देखना, मेरी लैला को किसी उलझन में न डाल देना। वह शोक में जी रही है। शोक के अभी साढ़े चार महीने बाकी हैं। उसके कानों में मेरी खबर तक न पहुँचे।"

लैला के शहर में छिपा हुआ कैस एक-एक क्षण गिनता हुआ चार महीने तक प्रतीक्षा करता रहा। लैला के रस्मी शोक का एक दिन भी वह घटाना नहीं चाहता था; उसके मन में किसी किस्म की जल्दी नहीं थी। रोज वह जैद से लैला का हाल सुनता रहा। लैला अपने लोगों को किसी तरह भी निराश नहीं करना चाहती थी। वह नहीं चाहती थी कि लोग कहें : "कितनी जल्दबाजी की है हमारी मलका ने!"

आखिर शोक का अन्तिम दिन भी बीत गया। अगले दिन सुबह के समय लोग अपनी दुकानें सजा रहे थे। महल में भी खुशियाँ थीं। आज बाँदी ने लैला को काला लिबास नहीं पहनाया था। उसे दूधिया सफेद लिबास पहनाया गया। दिन-भर वह अपनी खिड़की में बैठी रही। फाख्ताओं को वह कब की उड़ा चुकी थी। वह नहीं चाहती थी कि उसके शोक की छाया उनके नित्य नए प्यार पर पड़े।

पर बार-बार उसकी नजर उस पेड़ की ओर चली जाती थी, जिस पर वह अपने दिल की आवाज फाख्ताओं की कू-कू में सुना करती थी। उसे उस

रात की याद आई जब कैस के बुलाने पर वह प्रेमियों के चश्मे की ओर गई थी और रास्ते से ही लौट आई थी। 'तब मैं आजाद नहीं थी, कैस,' उसने मन में कहा, जैसे वह कैस को अपनी मजबूरी बता रही हो। और उसने अपने बदले हुए लिबास की ओर देखा। शोक के छह महीने बीत चुके थे। "आह! आह!!" और वह सिर से पाँवों तक काँप उठी।

उसी समय बाँदी ने एक खत लाकर उसे दिया, जो जैद ने उसे दिया था। लैला ने उसे पढ़ा और फिर सीने से लगा लिया। जैद ने जवाब के लिए सन्देशा भेजा, पर लैला ने जवाब नहीं दिया।

तो भी कैस प्रेमियों के चश्मे पर पहुँच गया। उस चश्मे को वह अपना काबा समझता था। उसके दिल में डर था कि कहीं फर्ज की बेड़ी लैला के कदमों को रोक न ले। प्रतीक्षा असह्य होती जा रही थी। पर आह! वह चौंका! यह कौन है? उसकी दुनिया! उसकी लैला!...उसने दौड़कर लैला को अपनी बाँहों में भर लिया।

उसने सोचा, कहाँ हजारों जानों की कुर्बानी उसे लैला न दिला सकी, प्यारा पिता और प्यारा देश भी लैला की कीमत न चुका सके, और आज लैला आजाद है, अपने फर्ज से भी सुर्खरू है। अब लैला उसकी है—बिलकुल उसकी। प्यार का वह पल लैला ने अपनी उम्र से कई साल देकर खरीदा था, और लैला के चेहरे पर असीम सन्तुष्टि थी। उस चेहरे को कैस ने अपने हाथों में लिया, उसकी आँखों में झाँका। उनमें उसे सिर्फ अपना प्रतिबिम्ब ही दिखाई दिया। प्यार में लैला की आँखें मुँद गईं। कैस ने उनमें फिर अपना प्रतिबिम्ब देखना चाहा। उन्हें खोलने के लिए उसने काँपते हुए होंठों से उन्हें चूमा।

कोई स्वर्ग था उस स्पर्श में। उस स्वर्ग से लैला एक क्षण के लिए भी विलग होना नहीं चाहती थी। उसे अपनी रूह में समा लेना चाहती थी। और कैस के होंठ आँखों से अलग हुए तो लैला ने आँखें खोलकर उसकी ओर देखा।

प्यार की शिद्दत ने कैस को पक्का मजनू बना दिया। जो वह उम्र-भर नहीं पा सका था, उस एक क्षण में पा गया। लैला को वहीं छोड़कर हर पेड़

और पौधे में लैला को देखता, उसे आलिंगन में भरता, और 'लैला! लैला!' पुकारता हुआ जंगलों में खो गया।

लैला अपने कैस को खोकर वापस लौटी। इब्बन के शोक की एक मर्यादा थी, पर कैस के शोक की कोई मर्यादा नहीं थी।

जंगलों में पहरे लग गए। सभी जंगल पूज्य बन गए। पूरे देश में फरमान जारी कर दिया गया—

"कोई पत्थर से न मारे मेरे दीवाने को।"

जैद छाया की तरह कैस के साथ रहा। एक बार अच्छा मौका जानकर उसने कैस को लैला के पास जाने के लिए कहा। कैस हँस पड़ा, "तुम भी मुझे मजनू ही समझते हो? मैं लैला से अलग कब हुआ हूँ? अलग न हो सकने की ताकत अपने दिल में न देखकर ही मैंने लैला को अपने अन्दर समा लिया था। मेरी लैला..."

और "लैला! लैला!" की पुकार से जंगल गूँज उठा।

लैला की जीवन-ज्योति मद्धिम पड़ने लगी। उसके दुखों से भरे जीवन को कोई आशा थामे हुए थी। अब वह आशा जाती रही थी। उसका चेहरा पीला पड़ गया था। शरीर निढाल हो गया था। उसकी सारी शक्ति जाती रही। शरीर जैसे खँडहर बन गया। प्यार की रूह उसे छोड़ने के लिए तैयार बैठी थी।

एक दिन सुबह कैस के अन्तिम पत्र को अपने सामने रखकर लैला लेट गई और जैद को बुलाकर उसने कहा, "मेरी कब्र वहाँ बनाना जहाँ मैं कैस को पहली बार मिली थी। और फिर कैस को कहना कि मेरी कब्र पर आएँ, और सामने क्षितिज की ओर देखें। वहाँ मैं उनका इन्तजार कर रही हूँगी।"

और जिन आँखों में कैस के सिवा कोई समाया नहीं था, वे आँखें हमेशा के लिए बन्द हो गईं।

मजनू को जैद ने लैला का सन्देश दिया। मजनू फिर कैस बन गया। लैला की पुकार होंठों पर अटक गई। लैला की जुदाई आँखों से चू पड़ी : 'जैद मेरे अच्छे जैद, मुझे ले चलो लैला की कब्र तक।'

वह तेज नहीं चल सकता था। जैद उसे सहारा देकर धीरे-धीरे ले जा रहा था।

प्रेमियों के चश्मे का रास्ता कैस की आँखों में चमक उठा। वह जैद का हाथ छुड़ाकर दौड़ पड़ा। इतने जोर से दौड़ा कि जैद उसे पकड़ न सका।

कैस ने लैला की कब्र को चूमा। फिर वहाँ से क्षितिज की ओर देखा। जैसे लैला ने कहा था, उसे लगा, कि वह उसकी प्रतीक्षा कर रही थी।

"लैला! लैला!" वह पुकार उठा। "छिपा लो अपना हुस्न। जब तक मैं नहीं आता, कोई इसे देख न ले। मैं आया..." और उस तक पहुँचने के लिए वह बेतहाशा दौड़ा। पर तभी कब्र के पत्थर से उसका पाँव टकराया और वह गिर पड़ा।

और जब जैद उसके पास पहुँचा, कैस लैला के पास पहुँच चुका था।

# सस्सी-पुन्नू

रात का चौथा पहर शुरू होनेवाला था। भम्बोर शहर के राजा का धोबी दरिया के किनारे कपड़े धो रहा था। दिन चढ़ा तो उसकी धोबन वहाँ आई। वे दोनों मिलकर कपड़े सुखाने के लिए डालने लगे।

"बच्चा, नहीं, तो किसी बच्चे के कपड़े ही मुझे धोने के लिए मिल जाएँ।" रानी की साड़ी के बल निकालते हुए धोबन ने बड़े अरमान से कहा।

"जैसी हमारी किस्मत, वैसी ही राजा की," धोबी ने भी आह भरकर कहा।

"सुना था, रानी को कुछ होनेवाला था।"...एकाएक धोबन ने दरिया की ओर देखा, जिसकी लहरों में कोई सन्दूक-जैसी चीज बहती हुई आ रही थी।

"देखो-देखो, वह क्या बहता जा रहा है!"

धोबी ने बीस-पच्चीस कदम आगे भागकर दरिया में छलाँग लगा दी, और उस सन्दूक को पकड़कर, तैरता हुआ किनारे की ओर ले आया।

बहुत सुन्दर बना हुआ था वह सन्दूक। उसके ऊपर के आधे हिस्से में हवा आने-जाने के लिए दरारें थीं। जब धोबी ने उसका ढक्कन खोला तो उसकी आँखें जैसे चुँधिया गईं। सन्दूक का आधा हिस्सा सोने की मोहरों से

भरा हुआ था और वे झिलमिला रही थीं। बाकी आधे हिस्से में एक नवजात बच्चा था, जिसके गले में पड़ी सोने की बारीक-सी जंजीर में एक बहुत सुन्दर ताबीज था।

धोबन ने मानो ईश्वर का धन्यवाद करते हुए अपने हाथ जोड़े और बच्चे को उठाकर गोद में ले लिया।

"अगर यह राजकुमारी नहीं है तो किसी बहुत बड़े आदमी की बेटी जरूर है। पर किस्मत इसकी जन्म लेते ही खराब हो गई है। फिर भी, किसी दिन इसकी किस्मत चमककर रहेगी।"

धोबन ने लड़की का मुँह चूमा और उसे धोबी की बाँहों की ओर बढ़ा दिया, जो उसे लेने के लिए आगे की ओर फैली हुई थीं।

"और तो सब कुछ था, बस एक अरमान ही पूरा होना बाकी रह गया था; ख्वाजा खिजर ने वह भी पूरा कर दिया है। अब देखना, क्या बनता है।" धोबी के चेहरे पर नई सम्भावनाओं की चमक थी।

धोबी बड़ा मेहनती और अच्छा आदमी था। राजदरबार से उसे हमेशा इनाम-इकराम मिलता रहता था। बड़ा आदर और नाम था उसका। उसने घर लौटते ही राजा से कह सुनाया कि उसके यहाँ बेटी जन्मी है और उसकी धोबन खुशी में फूली नहीं समा रही है। सो अब वे बड़े चाव-मल्हार से बेटी को पालेंगे।

राजा ने उसे उपहार के रूप में काफी जमीन दी। फिर उस पर एक सुन्दर घर बनाने और बाग लगवाने का उसने हुक्म दिया।

शाम के समय जब चाँद चढ़ा तो वह बहुत प्यारा और कोमल था। धोबन को वह अपनी बच्ची-जैसी लगा, जो बादलों में से तैरता हुआ जा रहा था। "चाँद की तरह लहरों पर तैरती हुई मुझे यह मिली है!" उसने कहा।

"तो इसका नाम भी हम चाँद-जैसा ही कोई सुन्दर-सा रख दें—सस्सी!" धोबी ने सलाह दी।

"सस्सी!" धोबन ने बच्ची का मुँह चूमकर कहा। "मेरे अरमानों के आसमान में चढ़नेवाला चाँद।"

घर बन गया, बाग लग गया, धोबी की मजदूरी भी बढ़ा दी गई, और धोबियों की बस्ती में सस्सी राजकुमारियों की तरह रहती हुई बड़ी होती गई।

किसी राजकुमारी को ऐसी खुली हवा, ऐसा खुला दरिया का किनारा, ऐसा खुला आकाश नसीब नहीं हुआ होगा। इन सब चीजों की अनन्त अमीरी ने सस्सी के चेहरे पर ही नहीं, उसके सभी अंगों पर जादू-सा कर दिया।

उसके मुख पर सूर्योदय की आभा थी, कमर में लहरों की चमक, और आँखों में आकाश की झलक, चाल में वायु की हिलोर, और शब्दों में तारों का ताल था। वह जिधर से भी गुजर जाती, लोग देखते रह जाते। लगता कि जैसे आसमान में कोई तारा टूटकर गुजर गया हो। लोग देर तक उसे देखते रहते, उसके बारे में बातें करते रहते।

"महमूद धोबी की बेटी, अपने साथ शहजादियों की तरह की किस्मत लेकर आई है। उसके हुस्न की ताब नहीं झेली जाती। कहते हैं, मुंशी अखुद लाल सस्सी को पढ़ाता भी है।"

धोबन लड़कियों की साधारण-सी जिन्दगी में सस्सी ने कोई नया रंग भर दिया। कई सहेलियों को सस्सी ने अपने-जैसी ही रसिक बना दिया और किसी नए उल्लास से भर दिया। दिन-भर वे अपने माता-पिता के साथ पहले से कहीं ज्यादा काम करतीं, ताकि शाम के समय उन्हें खेलने और नाचने की स्वतंत्रता मिल सके।

धोबी लड़कों के कठिनाइयों-भरे बेरंग दिलों में भी सस्सी ने कई रंग छिड़क दिए। उनमें नए शौक जागे। सस्सी की आँखों में परवान चढ़ने के लिए वे कई छोटे-छोटे काम करते। जब सस्सी इस्त्री करती तो वे इस्त्री को ठंडा न होने देते, उसके बाग की रखवाली करते, उसके किसी-न-किसी काम आने की प्रतीक्षा करते रहते।

पर एक दारा नाम का लड़का था, जिसे न अपनी अक्ल पर कोई गर्व था, न अपनी शक्ल पर। उसने कभी कल्पना भी नहीं की थी कि वह कभी

सस्सी की नजर में परवान चढ़ेगा। फिर भी वह लुक-छिपकर सस्सी के बाग में चला जाया करता था। एक दिन सस्सी की सहेलियों ने उसे देख लिया। उन्होंने उसके गले में दुपट्टे डाल लिये और उसे उधर-इधर खींचने लगीं। सस्सी आई तो उसे छुटकारा मिला। पर दारा बाँह से नाक पोंछता हुआ यही कहता गया :

"ऐसा बदला लूँगा सस्सिये कि याद रखोगी। तुम बुलबुल की तरह फुदक रही हो, अगर तुम्हें पिंजरे में न डलवा दिया तो कहना।"

राजा के महल में कई वर्षों से कोई उम्मीदवारी नहीं हुई थी। दूसरी शादी की बातें होने लगीं। योग्य लड़कियों की खोज शुरू हुई। दारा ने बदला लेने की खातिर राजदरबार में आकर बताया कि महमूद धोबी की बेटी, सिर्फ हुस्न की शहजादी ही नहीं है, वह जन्मी भी किसी रानी की कोख से है, जिसे यह चालाक धोबी किसी तरह चुराकर अपने यहाँ ले आया है।

सस्सी के हुस्न की चर्चा और धूम तो सारे शहर में थी ही। राजा ने हुक्म दिया कि महमूद धोबी अपनी बेटी के साथ दरबार में हाजिर हो। धोबी के दिल में डर बैठ गया। राजा अब सस्सी को उसके पास रहने नहीं देगा। सस्सी ने यद्यपि उसे बहुत हौसला दिया पर उसका दिल बैठता जा रहा था।

सस्सी को न जीवन की ठोस असलियतों का कोई अनुभव था, न राजाओं का। वह समझती थी, कि जीवन एक खेल है, आदमी अपनी मनमर्जी के मुताबिक जैसे चाहे खेल ले। उसने अभी तक कभी डर या किसी खतरे का सामना नहीं किया था। आखिर हिम्मत और हुस्न की यह सूरत जब राजा के सामने जाकर खड़ी हुई तो उसके अँधेरे दिल और दीवानखाने में जैसे कोई किरण आकर चमक उठी।

"इतनी खूबसूरत, किसकी बेटी हो तुम?" राजा ने चौंककर पूछा।

"महमूद धोबी और उसकी धोबन की," सस्सी ने बड़े गर्व से कहा।

"तुम धोबन नहीं, कोई शहजादी लगती हो।"

"शहजादी मैंने कभी कोई देखी नहीं है। एक अच्छे धोबी और धोबन की बेटी ही हूँ मैं।"

"अच्छा, तुम धोबन ही सही, पर मैं तुम्हें रानी बनाना चाहता हूँ।"

"धोबन को आप रानी कैसे बनाएँगे?"

"शादी करके।"

"पर महाराज, शादी के बारे में मैं अभी कुछ जानती नहीं हूँ।"

"अब सब कुछ जान जाओगी।"

सस्सी राजा को अतीव सुन्दर लगी। वह उठकर उसके पास चला गया। उसके गले में डालने के लिए बाँह बढ़ाई ही थी कि अचानक सस्सी के गले में पड़े ताबीज पर उसकी नजर पड़ी। वह चौंका और एकाएक ठिठककर खड़ा हो गया।

"यह ताबीज तुम्हारे गले में किसने डाला है?"

"मेरी माँ ने।"

"लाओ, मैं इसे देखना चाहता हूँ।"

"नहीं महाराज, माँ का कहना है कि मैं इसे गले से कभी न उतारूँ।"

राजा ने अपनी रानी को बुलवा भेजा। वह आई तो उसने कहा, "देखो तो, सस्सी के गले में यह ताबीज कैसा है?"

रानी ने ताबीज सस्सी के गले में ही रहने दिया और उसे उलट-पलटकर देखा। फिर उसने सस्सी के अतीव सुन्दर मुख की ओर ध्यान से देखा।

"हाय, मैं मर जाऊँ, यह ताबीज तो मैंने अपनी अभागिन बच्ची के गले में डाला था!"

राजा और रानी दोनों ने अपनी अँगुलियाँ मुँह में डाल लीं।

फिर महमूद धोबी को बुलवाया गया। उसकी टाँगें काँप रही थीं। राजा ने उसे सारी बात सच-सच बताने की धमकी दी। भयभीत महमूद को उस समय कोई और बात सूझ भी नहीं सकी। उसने सारी बात सच-सच कह सुनाई कि किस तरह उसे दरिया में बहते जा रहे सन्दूक में सस्सी मिली थी।

रानी सस्सी के साथ चिपट गई और रोने लगी, "मेरी शहजादी बेटी।"

सस्सी ने देखा, महमूद से खड़ा नहीं हुआ जा रहा था। रानी की बाँहों में

से छूटते ही उसने महमूद को बाँहों में भर लिया और राजा से प्रार्थना की कि उसे बैठने की इजाजत दे दी जाए।

धोबी के पास ही राजा और रानी भी बैठ गए। तब राजा ने अपने सीने पर हाथ मारकर अपनी शर्मिन्दगी की कहानी सुनाई—

"अठारह साल हुए, हमारे घर यह बच्ची आनेवाली थी। हमने ज्योतिषी बुलाए। उन्होंने हमारी इस बच्ची को खानदान का कलंक बताया और कहा कि यह किसी मुसलमान से शादी करेगी और इसके इश्क की दुनिया-भर में चर्चा होगी। सो हमने कलेजे पर पत्थर रखकर, इसे पैदा होते ही दरिया में बहा दिया। यह ताबीज इसकी माँ ने इसके गले में डाला था। पाँच हजार मोहरें मैंने इसके सन्दूक में रखी थीं। तब से आज तक इसकी माँ के चेहरे पर कभी हँसी नहीं आई है। तब से कोई दूसरा बच्चा भी हमारे घर नहीं आया है। हमने बहुत बड़ी गलती की है, सस्सी बेटी, तुम्हें हम मुँह दिखाने लायक नहीं हैं। पर महमूद अगर हमें सस्सी लौटा दे तो हमारे कुल का निशान रह जाएगा। और हम हमेशा इसके देनदार रहेंगे।"

महमूद जो कहना चाह रहा था, वह बार-बार उसके होंठों तक आकर रुक जाता था। पर सस्सी ने उसकी कठिनाई दूर कर दी।

"पर मेरे राजन-पिता, यह फैसला अब सिर्फ आपके और धोबी के हाथ में ही नहीं होगा।" सस्सी ने अपने पालक-पिता को हौसला देते हुए कहा।

"इसके अलावा और किसका तुम्हारी किस्मत पर हक हो सकता है?" राजा ने पूछा।

"खुद किस्मतवाली का—सस्सी का।"

"तुमने ठीक कहा, सस्सी," राजा ने कहा और सस्सी की ओर देखने लगा। "सो तुम्हीं से मेरा यह सवाल है।"

रानी की तो सिसकी निकल गई।

"मेरी चाँद-सी बेटी, हमारी गलती माफ कर दे और अपना विरसा सँभाल। मुझ नाचीज को भी कोई चीज बना दे।"

सस्सी ने अपनी जननी माँ के जुड़े हुए हाथ अपने हाथों में लेकर कहा, "मेरा यह फैसला, रानी माँ, दरिया में बहा देने के आपके फैसले से कम मुश्किल नहीं है। मैं अपने पालक-पिता से इस बारे में सलाह करके कल आपको बताऊँगी। इस वक्त आप यह मेहरबानी कीजिए, कि मेरे पालक-पिता को किसी सवारी पर घर पहुँचा दीजिए।"

अगले दिन राजा और रानी सस्सी के फैसले की प्रतीक्षा में बैठे थे। साँझ के समय एक धोबी सस्सी का पत्र लेकर उनके पास आया। राजा ने काँपते हुए हाथों से पत्र खोला और रानी को सुनाते हुए पढ़ने लगा—

"मेरे राज-माता-पिताजी,

रात-भर मैं खयालों में बहती, गोते खाती, तैरती रही। रात-भर रानी-माँ का ताबीज हाथ में लिये सोचती रही। उनकी आखिरी माँग मेरे कानों में, और उनके आँसू मेरी आँखों में किरकिरी की तरह समाए रहे।

पर यह कुछ पलों और घड़ियों का ही वक्त था। दूसरी तरफ अठारह सालों के लाड़-प्यारों, सेवाओं और कुर्बानियों ने मुझे चारों तरफ से घेरा हुआ था।

पानी में बहा दिए गए कलंक को चाँद समझकर जिन्होंने मुझे पाला, उनका हक मैं उनके घर में रहते हुए भी चुका नहीं सकूँगी। और उनके घर से चले जाना...ओह! मैं जननी-माँ की मिन्नतों के रू-ब-रू भी सोच नहीं सकती।

कल आपने मुझसे माफी माँगी थी, आज मैं आपसे माफी माँगती हूँ। पर जब भी आप बुलाएँगे, मैं मिलने के लिए आया करूँगी।

आपकी—सस्सी।"

राजा ने रानी को समझा दिया कि सस्सी के इस फैसले को बदलने की कोशिश का कोई फायदा नहीं होगा। उन्होंने अपनी तकदीर दरिया में बहा दी थी, अब सस्सी की खुशी और उनका सुख इसी में है कि सस्सी को स्वतंत्र होकर जीने दिया जाए। और उनका यह भेद किसी पर न खुले।

सस्सी की स्वतंत्रता बढ़ गई थी। धोबी और धोबन ने सुख का साँस लिया। धोबन बार-बार सस्सी को अपनी बाँहों में भरकर अपने सीने से लगाती जैसे विश्वास करना चाह रही हो कि सस्सी उसी की बेटी थी। हाँ, वह उसी की बेटी थी। राजा भी उसे उससे छीन नहीं सका था।

सस्सी के हुस्न की चर्चा दूर-दूर तक, देश-विदेश में होने लगी।

सूरत और सीरत का हुस्न, नक्शों और नयनों का हुस्न, रफ्तार और गुफ्तार का हुस्न, हौसले और आजादी का हुस्न, जब पूरी तरह किसी पर खिल उठे तो सिर्फ उस पर ही नहीं, उसके चारों ओर के लोगों पर भी बहार आ जाती है, सारा शहर हसीन हो जाता है, हर किसी के मुँह से अनोखे हुस्न की बातें सुनाई देती हैं।

रेशमी बादलों के आसमान में चमकता हुआ चाँद—महमूद धोबी का घाट हुस्नपरस्तों का काबा बन गया।

कच मकरान से एक बार सौदागर आए। कई दिनों तक भम्बोर में रहे। सस्सी के हुस्न की चर्चा उन्होंने भी सुनी थी, क्योंकि उनका अपना शहजादा भी बड़ा रसीला व जवान था। उसके दोनों छोटे भाइयों ने शादी कर ली थी, पर उसकी आँखों को किसी का हुस्न अभी तक रास नहीं आया था। राजधानी की कई सुन्दरियाँ जब उसे देखतीं तो अपने दिल थाम लेतीं।

सौदागरों के काफिले का सरदार, बेबियो, शहजादे का दोस्त था। बेबियो ने जब भम्बोर की सुन्दरी को देखा और जाना कि उसका नाम सस्सी (नया चाँद) है तो अनायास उसके मुँह से निकल गया, "बिस्मिल्लाह, यह नया चाँद तो हमारे पूरन चन्द, पुन्नू के लायक है!"

जल्दी-से-जल्दी काम खत्म करके बेबियो कच मकरान लौटा और उसने राजकुमार पुन्नू के साथ सस्सी की बातें कीं। सुनकर पुन्नू के अन्दर एक हलचल मच गई। वह ऐसी ही किसी सुन्दरता का अभिलाषी था, जो उसे सभी बन्धनों से मुक्त करके किसी पेंग पर चढ़ाकर ऐसी हिलोर दे कि वह आसमान को छू ले। पुन्नू बड़ी तीखी नजर और साहसवाला व्यक्ति था।

अपने भाइयों से बिलकुल ही न्यारा था। आँखों का रसिया होते हुए भी वह अपने भाइयों की तरह स्त्रियों के पीछे बेकरार बना हुआ घूमा नहीं करता था। सुन्दरता की प्यासी उसकी आँखों में कई सूरतें ठंडक पैदा करतीं, पर उसके दिल की तपिश किसी ने नहीं मिटाई थी। एक धनवान और सुन्दर साझाँ पुन्नू पर अपना सब कुछ न्यौछावर करने के लिए तैयार हो गई, पर जिस सुन्दरता का पुन्नू पुजारी था, वह सुन्दरता साझाँ में नहीं थी।

बेबियो यार की बातें सुनकर पुन्नू ने भी काफिला तैयार किया। पुन्नू को इत्र-फुलेल से बहुत प्यार था। उसके देश के पहाड़ सुगन्धित जड़ी-बूटियों से महके हुए थे। कच मकरान इत्र-फुलेल का व्यापार करता था।

काली डाची (ऊँटनी) पर सवार होकर, सुगन्धियों का सौदागर सफर करता हुआ भम्बोर शहर में आ पहुँचा।

घाट के निकट, सघन वृक्षों के झुंड के नीचे, पुन्नू ने चम्बे, करने, केवड़े, कस्तूरी आदि विभिन्न प्रकार के इत्र-फुलेल की सुन्दर दुकान सजा दी। पुन्नू की अपनी सुन्दरता भी हर किसी की दृष्टि को अपनी ओर आकर्षित करती। सफेद ऊन के कालीन पर वह बैठा होता। हर कोई उसके चौड़े सीने, मजबूत कन्धों, सुशील आँखों, और चमकते हुए माथे की प्रशंसा करता। और उसके सीने में अभी तक कुंवारा दिल था।

उसके इत्र-फुलेलें से भी ज्यादा, उसकी दुकान की रमणीय शोभा की चर्चा सारे शहर में होने लगी। किसी समय उसकी दुकान पर सुन्दरियों की भीड़ दिखाई देती। हर लड़की को वह रानी कहकर बुलाता और इत्र का फाहा, उसके कोमल हाथ पर हल्का-सा रगड़कर जब उसे पकड़ाता तो लड़की की नशीली आँखों में कोई मुस्कान दौड़ जाती।

चार दिन हो गए थे। आधे से ज्यादा माल बिक गया था, आधे से ज्यादा शहर उसकी आँखों के आगे से गुजर चुका था; पर वह सूरत अभी तक नजर नहीं आई थी, जिसे देखते ही आदमी होश भूल जाता था और उसे सारी दुनिया प्यारी लगने लगती थी।

पुन्नू का जिक्र सस्सी तक पहुँच चुका था और वह अपनी सुन्दरता के प्रति विशेष रूप से सचेत हो उठी थी। दिन में कई-कई बार आईने में अपना चेहरा देखती।

आखिर सहेलियों ने उसे मना लिया। आज सारा दिन उसकी सहेलियाँ अपने माता-पिता का काम दिल लगाकर करती रहीं। उन्होंने पहले से ज्यादा काम किया और जल्दी ही खत्म कर लिया। फिर अच्छे-से-अच्छे कपड़े पहनकर वे सस्सी के यहाँ आ गईं। अपनी सस्सी की सुन्दरता पर उन्हें गर्व था। कई बार वे खुद उसकी शोभा देखने के लिए उसके कानों में झुमके, जुल्फों में चाँद, और माथे पर टिक्का सजाया करती थीं। आज उनके देश की सुन्दरता का एक परदेशी के हुस्न से मुकाबला था। हर किसी ने अपनी मनमर्जी से सस्सी का सिंगार करना चाहा। इसके पहले वह उन्हें अपनी मनमर्जी कर लेने दिया करती थी। पर आज उसने अधिक सिंगार करना नहीं चाहा। कई गहने पहनने के लिए उसने इनकार कर दिया।

सस्सी तैयार हो गई। जहाँ खड़ी थी, वहाँ से लपटें उठती हुई प्रतीत हो रही थीं। माँ ने उसके मखमल के बटुए में बहुत-सी मोहरें डाल दीं।

सस्सी पुन्नू की दुकान पर गई। जैसे एकाएक कोई धुन्ध साफ हो गई हो। सभी तोल अनावश्यक हो गए। दिमाग गद्दी पर से उतर बैठा, दिल ने तख्त सँभाल लिया।

ताजे गुलाब की रूह का फाहा पुन्नू ने सस्सी के हाथ पर लगाकर कहा, "रानी, यह हमारे पहाड़ों का अनोखा चम्बा है।"

सस्सी ने पलकें उठाईं। पुन्नू की आँखों में पहली मुलाकात की लरजश उसे दिखाई दी। और वह मुस्करा दी।

"तुम्हारे पहाड़ों में चम्बा को भी गुलाब के फूल लगते हैं?" सस्सी ने व्यंग्य से कहा।

पुन्नू ने अपनी इत्र की बोतल को ध्यान से देखा।

"मैं भूल गया, रानी, कहना मैं गुलाब ही चाहता था।"

"इतनी बड़ी भूल का हर्जाना देना होगा।" सस्सी ने देख लिया कि पुन्नू के दिल का हर द्वार उसके लिए खुला था।

"रानी हुक्म करे।" पुन्नू सँभल रहा था।

"मेरी हर सहेली के हाथ पर अलग-अलग इत्र के फाहे लगाने पड़ेंगे।"

पुन्नू फाहे बना-बनाकर लगाए जा रहा था। उसकी नसों में उसका लहू नाच रहा था। और उसका प्रत्येक अंग जैसे जाग उठा था। 'आह, क्या नशा होता है किसी की आँखों में परवान चढ़ने पर।' उसकी आँखें जैसे सस्सी को कह रही थीं।

पुन्नू ने विभिन्न प्रकार के इत्रों की कई बोतलें उसकी पिटारी में डाल दीं। सस्सी ने अपने बटुए के रेशमी धागे खींचकर उसे खोला और सोने की मोहरें निकालकर कीमत देनी चाही।

"कल सही। घर जाकर पहले पसन्द कर लो।" पुन्नू उस सौदे को वहीं खत्म नहीं करना चाहता था।

दूसरे दिन सस्सी आई। तीसरे दिन भी आई। पुन्नू किसी-न-किसी बहाने कीमत चुकाने की बात टाल देता था।

इन तीन मुलाकातों में सस्सी की नजर, सस्सी की चाल, सस्सी की बातचीत में एक नई बात पैदा हो गई थी। अब उसके पाँव धरती पर नहीं लग रहे थे। आखिर उसने माँ के गले में बाँहें डाल दीं।

"माँ, मैंने अपना वर ढूँढ़ लिया है।"

"कौन बेटी?" माँ ने पूछा, "कहाँ?"

"वह इत्र-फुलेल बेचनेवाला सौदागर, माँ।"

"न बेटी, सौदागर तुम्हारे अब्बा को अच्छे नहीं लगते।"

"नहीं माँ, सौदागर वह बस नाम का ही है। असल में वह वही कुछ है, जो मैं हूँ।"

चौथे दिन सस्सी मोहरों से बटुआ भरकर पुन्नू की दुकान पर गई। साथ ही इत्र की वे सभी बोतलें भी ले गई। पुन्नू के आगे उन्हें रखकर, जरा-सा मुँह बनाकर, उसने कहा, "तुम कीमत नहीं लेते, सो मैं माल वापस करने आई हूँ।"

"पर, रानी, किसी माल की कीमत मैं तुमसे दो बार कैसे ले सकता हूँ।"

"भला पहले कब मैंने कीमत चुकाई है?" सस्सी ने हैरान होकर पूछा।

"तुम पहले दिन ही मेरे सारे माल की कीमत से कहीं ज्यादा कीमत चुका गई थीं।"

"वह कैसे, झूठे सौदागर कहीं के?"

"तुम्हारा हाथ एक बार पकड़ लेने के बदले में यह सारा माल दे देना मैं सस्ता सौदा समझता हूँ। और यही सोचकर मैं घर से चला था।"

"सच कहते हो, खूबसूरत सौदागर?"

"रानी, मैं सौदागर नहीं हूँ।"

सस्सी खुशी से उछल पड़ी।

"हाँ, मैंने कहा था माँ से कि तुम सौदागर नहीं हो।...अच्छा, पुन्नू एक बार मेरा हाथ पकड़ने की कीमत तुमने चुका दी। कल इसी वक्त आना मेरे बाग में। अगर तुम हमेशा के लिए मेरे हाथ को वरण करने की कीमत भी चुका सके तो सौदा करने के बारे में सोच लेंगे। आओगे न, पुन्नू प्यारे?"

"कदमों से ही नहीं धड़कते हुए दिल से चलकर आऊँगा—कल, इसी वक्त, तुम्हारे बाग में।"

और पुन्नू ने सस्सी के दोनों हाथ पकड़कर उन पर खास तौर पर तैयार किए गए इत्र के दो फाहों से रेखाएँ खींचीं।

बाग में सस्सी और उसकी सहेलियाँ पुन्नू का रास्ता देख रही थीं। पुन्नू उन सबके लिए सौगातें लाया। उसके गिर्द लड़कियों ने घेरा डाल लिया। पुन्नू उनका भी था, क्योंकि असली सुन्दरता उतनी उसके मालिक की नहीं होती, जितनी दर्शकों की होती है।

सस्सी के हाथ में उन्होंने पुन्नू का हाथ पकड़ा दिया और उनके कुँवारे अरमानों ने ऐसा नाच नाचा कि टहनियों में से कोयलों ने भी चोंचें उठाकर तराने छेड़ दिए।

"पर, पुन्नू, मेरा अब्बा कहता है कि वह धोबी के सिवा किसी को अपनी बेटी नहीं देगा," सस्सी ने पुन्नू को उसके भाग्य के प्रति सचेत करते हुए कहा।

"यह तो सस्सी, बहुत मामूली-सी शर्त है। तुम्हारा पुन्नू तुम्हारे लिए क्या नहीं बन सकता?"

"पर तुम तो, पुन्नू, कोई शहजादे लगते हो।"

"कल से तुम मुझे धोबी के रूप में देखोगी।"

अगले दिन सस्सी ने अपने पिता से पुन्नू के बारे में छोटी-छोटी बातें शुरू कीं और फिर कहा, "पुन्नू कहता था कि असल में वह धोबी ही है।"

"अच्छा बेटी, तो वह कपड़े धोकर मुझे इस बात का सबूत दे दे।"

उसके अगले दिन पुन्नू धोबियों का-सा लिबास पहनकर आया। उसने अपनी लम्बी जुल्फें कटवा डाली थीं।

महमूद ने मैले कपड़ों की गठरी उसके आगे रखी और सस्सी को कहा कि कपड़े धोने के लिए जरूरी मसाला उसे देती जाए। फिर वह अपने काम में लग गया।

पुन्नू पटड़े पर कपड़े पटकता रहा, पर उसकी आँखें सस्सी के चेहरे पर लगी रहीं। वे नजरों से ही एक-दूसरे से बातें करते रहे। कपड़ों की ओर खास ध्यान न रहने के कारण कुछ पुराने कपड़े फट गए। तहें लगाते समय सस्सी ने उन्हें देखा तो चिन्तित हो उठी। पुन्नू को भी बड़ी शर्म आई। आखिर सस्सी को एक बात सूझी।

"क्या कुछ मोहरें गँवाने के लिए तैयार हो?" सस्सी ने कहा।

"कुछ क्या, जितनी कहो। कमी मोहरों की नहीं, सिर्फ तुम्हारी है।"

सस्सी ने तरीका बताया कि हर फटे कपड़े में एक-एक मोहर रख दे। पुन्नू ने उसकी बात मान ली।

सस्सी का पिता सुन्दर तह किए हुए कपड़े लोगों के घरों में दे आया।

किसी भी व्यक्ति ने कपड़े फाड़े जाने का उलाहना नहीं दिया। बल्कि सभी पहले की अपेक्षा ज्यादा खुश दिखाई दिए।

पिता ने खुश होकर सस्सी से कहा, "तुम्हारा चुनाव मुझे मंजूर है। तुम्हारा पुन्नू बड़ा पक्का धोबी है।"

सस्सी और पुन्नू की शादी हो गई। राजा और रानी ने सौगातें भेजीं। सभी धोबियों ने जश्न मनाया। नौजवान धोबी खुश थे कि सस्सी से शादी करनेवाला व्यक्ति उसे उनके पास से ले नहीं जाएगा, बल्कि उनके शहर का धोबी बनकर उनकी बस्ती की रौनक बढ़ाएगा। धोबी-घाट, धोबी-बस्ती, सस्सी का बाग और सस्सी का घर राजधानी में सुन्दरता के यात्रा-स्थल बन गए।

असली सुन्दरता और महानता का चौगिरदा भी सुन्दर और महान बन जाता है।

पुन्नू दिन-भर महमूद के साथ कपड़े धोता। सस्सी कपड़ों की तहें लगाती। काम ने सुन्दरता के सोने पर जैसे सुहागे का काम किया। सुन्दरता की चर्चा तो चारों ओर फैल ही चुकी थी, अब सफल और रसीले जीवन की चर्चा भी चारों ओर होने लगी। कई लोग अपने जीवन की बुझती हुई लौ को फिर से तेज करने के लिए पुन्नू और सस्सी के जगमगाते हुए चेहरों को देखने के लिए वहाँ आते।

पर पुन्नू के अपने शहर, कच मकरान, में शोक छा गया। उसके माता-पिता दुखी और लज्जित थे। यद्यपि भाइयों को पुन्नू की कोई परवाह नहीं थी, फिर भी खानदान के नाम पर जो धब्बा लग गया था, वह उन्हें बेचैन किए हुए था। लोग कहते—

"बड़ा शहजादा धोबिन से शादी करके धोबी बन गया।"

उन्होंने माँ की ओर से सन्देश देकर कई व्यक्ति भम्बोर भेजे। वे यही जवाब लेकर लौटे—

"माँ, तुम्हारी याद मुझे भूली नहीं, पर पिताजी के तख्त के लायक मैं कभी

नहीं था, उसके लिए मेरे योग्य भाई जिन्दा रहें। वे अगर मुझे भूलना चहें तो बेशक भूल जाएँ; मैं इतना खुश हूँ कि किसी को भी भुला नहीं सकता। अपने कच मकरान के हर जर्रे की याद मुझे प्यारी रहेगी, जिसकी धरती पर जन्म लेकर मैं आज फरिश्तों की ईर्ष्या का कारण बन गया हूँ।"

बात बनती न देखकर भाइयों ने एक और तरीका सोचा, और पुन्नू को कहला भेजा—"तुम्हारी रजा में हम राजी हैं। पर अपने सुन्दर भाई को एक बार हम देखना जरूर चाहते हैं।"

सस्सी फूली नहीं समा रही थी कि उसके पुन्नू के भाई आएँगे, उसके शहजादे देवर आएँगे। अपनी देवरानियों के लिए उसने सौगातें जमा कीं। अपने घर को सजाया।

भम्बोर के धोबियों की भी खुशी का ठिकाना नहीं था। शाही मेहमान उनकी बस्ती में आनेवाले थे और उनकी बस्ती में रहनेवाले थे। बस्ती की हर झोंपड़ी सजकर जैसे दुल्हन बन गई।

उमर और तुमर, पुन्नू के भाइयों का काफिला आया।

साथ आईं सफेद, काली-भूरी डाचियाँ। उनकी गर्दनों के साथ लटकी हुई घंटियाँ बज रही थीं। उन पर रेशमी नमदे पड़े हुए थे, जिनके सिरों गर झालरें लहरा रही थीं।

साथ आए सुन्दर सजीले बलोच। उनकी पगड़ियों के नीचे से उनकी महकती हुई काली जुल्फें लहरा रही थीं।

साथ आए कई किस्म के मेवे, जो टोकरियों में भरे हुए थे और ऊँटों पर लदे हुए थे।

चार दिन तक उस बस्ती में जश्न होते रहे। गीत गाए गए, तमाशे हुए, नाच हुए। उमर और तुमर ने पानी की तरह पैसा बहाया। जो आया, खुश होकर लौटा। कच मकरान के इत्रों की सुगन्धियाँ सारे भम्बोर में फैल गईं।

सस्सी का कोई भाई नहीं था, न कोई बहन। सो उसने बेहद चाव और प्यार से देवरों और देवरानियों की आवभगत की। उसने सास के लिए मोहरों

का हार बनवाया, ससुर के लिए कपड़े दिए, पुन्नू की बहनों के लिए तरह-तरह की सौगातें पेश कीं।

पाँचवें दिन, जाने से पहले, मेहमाननवाजी की आखिरी रात थी। उमर, तुमर ने तरह-तरह के शर्बतों और शराबों का प्रबन्ध किया था। हर किसी ने दिल खोलकर शराब पी और हर कोई इस तरह नाचा जैसे पहले कभी नहीं नाचा था।

लगातार चार दिन तक खुशियाँ मनाते हुए लोग थक गए थे, या आज रात के शर्बतों और शराबों में कोई ऐसी चीज थी कि आधी रात के बाद हर कोई जैसे लेटने के लिए जगह ढूँढ़ने लगा! कुछ समय के बाद बलोचों के अलावा सभी सो चुके थे।

तब जल्दी-जल्दी डाचियों को तैयार किया गया, उन पर सामान लादा गया। एक डाची पर उमर ने बेसुध हुए पुन्नू को डाल लिया और पीछे बैठकर तुमर ने उसे थाम लिया।

दिन चढ़ा तो कुछ लोगों की आँख खुली। ऐसे लगा, जैसे कोई सपना था। सस्सी ने आँखें मलकर देखा। वहाँ न उमर था, न तुमर, और—और—न ही उसका पुन्नू। उसने उठकर अन्दर-बाहर, चारों तरफ देखा, पुन्नू कहीं भी नहीं था।

"हाय माँ, मैं लुट गई! वे लोग पुन्नू से मिलने नहीं, उसे धोखे से ले जाने के लिए आए थे।"

माँ ने उसे गले से लगाया और समझाया। सहेलियों ने विश्वास दिलाया। पिता ने धीरज दिया—"पुन्नू को होश आएगी तो उसी समय वह वापस आ जाएगा, एक क्षण के लिए भी वहाँ नहीं ठहरेगा। जो तुम्हारे लिए धोबी बन सकता है, वह जरूर लौटकर आएगा।"

"नहीं माँ, वह तो जालिम बलोचों के जाल में फँस गया है। वे उसे मुझसे दूर ले गए हैं। और अब वे उसे अपने चंगुल में से कभी निकलने नहीं देंगे। पुन्नू का धोबी होना उनके लिए असह्य था। जरूरत पड़ने पर वे उसे मार डालने में भी संकोच नहीं करेंगे।"

"तो फिर सब्र करो, बेटी किस्मत खुद ही पासा पलटेगी।"

"जो इश्क मेरी हड्डियों में समा गया है, माँ, वह सब्र नहीं कर सकता। पुन्नू के बिना कोई जिन्दगी है ही नहीं। मैं जानती हूँ, यह सफर मुझसे खत्म नहीं होगा, पर मेरी रूह यहाँ एक पल के लिए भी टिक नहीं सकेगी, माँ मुझे रोकना न, माँ! यहाँ मैं दो दिन भी जी नहीं सकूँगी, पर पुन्नू के पीछे भटकते हुए शायद मेरा बचाव हो जाए।"

सस्सी जैसे पागल हो गई। बार-बार कहती, "मैं जाऊँगी और लौटकर नहीं आऊँगी।"

दिन-भर माँ और सहेलियों ने उस पर पहरा रखा। सस्सी के दिल में से आहें उठ रही थीं। उसने अपना सारा सिंगार उतार डाला, बाल खोलकर गले में डाल लिये, और रह-रहकर कहने लगी, "जालिम बलोची, मेरा पुन्नू मुझे लौटा दो!"

सहेलियाँ उसे पकड़कर सँभाले हुए थक गई थीं। सस्सी भी थक-हार चुकी थी। वही समय था जब पुन्नू को उसके भाई डाची पर बैठा रहे थे। सस्सी चौंककर उठ बैठी। उसकी सहेलियाँ लेटी रहीं; उन्हें नींद आ गई थी। पुन्नू का, गले में डालने वाला दुपट्टा खूँटी पर टँगा दिखाई दिया। सस्सी ने उसे चूमा और चुपचाप घर से बाहर निकली। तारे झिलमिला रहे थे। ओह, पुन्नू! पुन्नू!! दो आहें सस्सी के अन्दर से उठीं और वह भम्बोर छोड़कर चल दी।

रास्ता पूछती, ऊँटोंवालों के हुलिए बताती, वह पागलों की तरह चली जा रही थी। उसके चेहरे पर अथाह गम था और आँखों में निराशा। उसे देखकर राहियों के दिल पिघल उठते। पर किसी की बात सुनने का सस्सी में धीरज नहीं था। उसके कानों में पुन्नू की डाची की घंटियाँ बजतीं, और राही जिधर का रास्ता बताते, वह उस ओर भाग उठती।

दोपहर हो गई तो सामने रेतीली धरती दिखाई दी। रेत का सागर। कोई वृक्ष नहीं, पौधा नहीं, झाड़ी नहीं।

तपती हुई रेत पैरों को जला रही थी। सस्सी के पाँवों की मेहँदी दहक उठी थी। उसने सोचा कि दोपहर के समय किसी पेड़ के नीचे आराम

कर ले। एक बहते हुए नाले में उसने पानी पिया। पानी में उसके चेहरे की उजड़ी हुई सुन्दरता प्रतिबिम्बित हुई, और सस्सी के दिल में से एक आह उठी—

'पुन्नू, एक बार मिल जाओ और इस उजड़ी हुई जिन्दगी को बसा दो।' वह वृक्ष की छाँव में लेट गई। उसकी आह जैसे पुन्नू ने सुन ली। सुगन्धियों के सौदागर की दुकान लग गई। सहेलियों के संग सस्सी आई, पुन्नू ने उसके हाथ पर इत्र का फाहा लगाया। सस्सी ने नींद में ही हाथ उठाकर नाक पर रख लिया। तभी एकाएक उसकी आँख खुल गई। सूरज ढलता जा रहा था।

सस्सी उठी और मील-भर इधर-उधर भटकते हुए उसने ऊँटों के पाँवों के निशान ढूँढ़ लिये। उनमें से एक ऊँट के पाँवों के निशान छोटे-छोटे थे और उनसे उनकी चाल बहुत सन्तुलित लगती थी।

"हाय, यह तो मेरे पुन्नू की डाची के पाँवों के निशान हैं।"

चारों पाँवों के निशानों को सस्सी ने चूमा।

"जिस रास्ते से तुम गए हो, उस रास्ते पर मैं रात-भर चलती हुई तुम तक पहुँच जाऊँगी।"

तारे चमकते रहे। सस्सी की आँखों में से आँसू बहते रहे। आकाश से ओस झरती रही। पाँवों से रेत के कण उड़ते रहे। हवा से लटें बिखरती रहीं। दिल से आहें उठती रहीं। कल्पना में बजनेवाली डाची की घंटियों की ताल पर सस्सी चलती गई।

जब दिन चढ़ा तो सस्सी प्यास से बेताब थी। वह चाहती थी कि कहीं बैठ जाए, पर पानी के बिना दिल जवाब देता जा रहा था। वह चलती गई। दूर उसे हरियाली का एक छोटा-सा बिन्दु दिखाई दिया। पास गई तो वह मेहँदी की एक झाड़ी थी। पर पानी उसके पास कहीं नहीं था। सस्सी ने सोचा, पानी के बिना इस जलती हुई रेत में यह झाड़ी हरी कैसे है? कहीं नजदीक ही जरूर पानी होगा। पर वह उसे कहीं ढूँढ़ न पाई। अब उसके होंठ ही नहीं, उसका लहू तक सूखता जा रहा था। सस्सी बेसुध होकर गिर पड़ी।

जहाँ वह गिरी, उसके नीचे से मेहँदी को पानी पहुँचता था। सस्सी के बोझ तले रेत बैठ गई और पानी ऊपर उठ आया। उसके सिर को नमी पहुँची तो उसे होश आया। उसने उठकर हाथों से रेत खोदी तो वहाँ एक चश्मा बन गया। पानी पिया तो जान-में-जान आई। फिर वह मेहँदी की झाड़ी के पास गई। वहाँ से एक छोटा-सा पौधा उखाड़ लाई और उसे उस चश्मे के पास लगा दिया। फिर उसकी पत्तियों पर पानी के छींटे मारे।

यह मेहँदी का पौधा, कहते हैं, आज भी सस्सी की याद में पूजा जाता है। आशिक इसकी पत्तियों को चूमते और मुरादें माँगते हैं। वहाँ से गुजरने वाले प्यासे राहियों के लिए सस्सी ने उस चश्मे को जन्म दे दिया था।

सस्सी फिर चल पड़ी कि धूप ज्यादा होने पर रेत तपने से पहले-पहले, दोपहर का समय बिताने के लिए, कोई ठिकाना ढूँढ़ ले।

ऊँटों के पाँवों के निशानों के पीछे-पीछे वह चलती रही। ज्यों-ज्यों धूप तेज होती गई, रेत तपने लगी। सस्सी ने पुन्नू का दुपट्टा अपने गले में डाल लिया। उसने दाएँ-बाएँ नजर दौड़ाई। एक ओर बस्ती-सी दिखाई दी। उधर जाते हुए, रास्ते में एक चरवाहा मिला।

"जरा ठहरना, भैया।"

चरवाहा ठिठककर खड़ा हो गया। वह एकटक सस्सी को देख रहा था। उसे लगा जैसे सस्सी आकाश से उतरकर आई हो। ऐसे चेहरे इस धरती पर नहीं होते! उसने मन में कहा।

"दुखियारन हूँ; विरहिणी हूँ; मौत के मुँह में जा रही कुछ पलों की मेहमान हूँ।"

ऐसे विशाल गम को वही कोई समझ सकता है, जिसे जिन्दगी ने तोड़-मरोड़ डाला हो। फिर भी उस भोले चरवाहे ने उसे ऐसे देखा जैसे उसके उस गम के प्रति उसके मन में सत्कार हो।

सस्सी ने उसे अपने वियोग की कहानी सुनाई और उससे कच मकरान का रास्ता पूछा।

सस्सी-पुन्नू

चरवाहे का दिल पिघल उठा। उसने देखा कि सस्सी के लिए खड़े रह सकना बड़ा मुश्किल था। आखिर सस्सी बैठ गई। चरवाहे ने उसे छाँव में ले जाने के लिए उसका हाथ पकड़ा, उसका हाथ तप रहा था।

छाँव में बैठाकर चरवाहे ने कहा, "बहन, अब तुम चल नहीं सकती। धूप बढ़ रही है। और फिर आगे ऊँटों के पाँव के निशान कहीं-कहीं ही मिलेंगे क्योंकि कुछ जगहों की धरती रेतीली नहीं है।...मेरे घरवाले तुम्हारी देखभाल करेंगे। मैं आज ही कच मकरान जाऊँगा और तुम्हारे पुन्नू को तुम्हारी खबर पहुँचाऊँगा।"

सस्सी ने चरवाहे का धन्यवाद किया और कहा, "मेरे अच्छे भैया, जाकर पुन्नू को कहना कि दुखों की सताई हुई तुम्हारी सस्सी दीवानी बनी भटक रही है। वह तुम्हारे दर्शन की प्यासी है। सो एक बार आकर मिल जाओ और देख जाओ कि मेरी क्या हालत बनी हुई है।"

सस्सी का गम अब चरवाहे का अपना गम बन गया था। वह सस्सी को अपनी झोंपड़ी में पहुँचाकर पुन्नू के वतन की ओर चल दिया।

सस्सी तड़प रही थी। चरवाहे का सारा परिवार उसकी सेवा में लग गया। कोई उसके माथे पर ठंडे पानी की पट्टियाँ रखता, कोई उसके मुँह में पानी डालता, कोई उसकी कुशलता के लिए ईश्वर के आगे हाथ जोड़ता।

दो दिन बड़ी ही मुश्किल से बीते। कई बार ऐसे लगा जैसे सस्सी कुछ ही पलों की मेहमान थी। पर कोई कहता, "वह सामने कोई आ रहा दिखाई दे रहा है।" सुनकर, होंठों पर आई सस्सी की जान रुक जाती।

डेढ़ दिन जाने के लिए चाहिए था, आधा दिन आने के लिए। पुन्नू की डाची दौड़ती हुई आएगी। सबकी आँखें लगी हुई थीं। कभी किसी व्यक्ति की झलक दिखाई देती। पर वह न चरवाहा होता, न पुन्नू। वह कोई और ही व्यक्ति होता।

सस्सी की हालत खराब होती जा रही थी। उसके बोलने की शक्ति जवाब देने लगी। कभी किसी आहट या आवाज पर उसकी आँखें खुलतीं और फिर बन्द हो जातीं।

"वह रही डाची—काली डाची—भागी हुई आ रही है।"

सस्सी की आँखें खुलीं। पर सामने कुछ न देखकर फिर बन्द हो गईं।

आखिर काली डाची झोंपड़ी के बाहर आकर रुकी। उसकी गर्दन में घंटियाँ बज रही थीं। उनकी आवाज सस्सी के कानों में पड़ी। डाची पर से दो सवार उतरे। उनमें से एक चरवाहा था। दूसरे ने उतरते ही चीखकर कहा, "कहाँ है मेरी सस्सी?"

पुन्नू को सस्सी के पास ले जाया गया।

"सस्सी! मेरी सस्सी!"

सस्सी ने आँखें खोलीं। उसके होंठ मुस्कराए। बाँहों में हरकत हुई। पुन्नू ने उसे बाँहों में भर लिया। उसकी आँखों को चूमा। वे आँखें जैसे उस चुम्बन की ही प्रतीक्षा कर रही थीं। फिर न खुलीं। और पुन्नू की चीख सभी के दिलों को चीर गई।

"हाय! मेरी सस्सी!"

पुन्नू रात-भर सस्सी के कानों में रो-रोकर अपने भाइयों के जुल्म की कहानी कहता रहा।

दिन चढ़ा तो सस्सी के लिए कब्र खोदी गई। कब्र को देखकर पुन्नू ने कहा, "और चौड़ी करो। इसमें सस्सी अकेली नहीं लेटेगी।"

कब्र दुगनी चौड़ी कर दी गई। सस्सी का जनाजा उसके सिरहाने की ओर लाकर रखा गया। पुन्नू ने सस्सी के सिर और पाँवों को बारी-बारी से चूमा।

जनाजा कब्र में उतारा गया।

"नहीं, एक तरफ करके रखो। और अभी मिट्टी न डालो। मैं दुआ कर लूँ।"

कब्र के सिरहाने बैठकर पुन्नू ने आँखों पर हाथ धर लिये। आँखें बन्द होने की देर थी कि सस्सी कब्र में से निकल आई। उसने शादीवाले कपड़े पहने हुए थे। पुन्नू ने बाँह से पकड़कर उसे अपने पास बैठा लिया। उसका खिला हुआ चेहरा देखकर पुन्नू का चेहरा भी खिल उठा। उसने उसकी कमर के गिर्द बाँहें डाल दीं। फिर वे नाचने लगे। उन्होंने हाथों में हाथ डाल लिये

थे और कब्र के गिर्द इस तरह नाच रहे थे, जैसे कभी सस्सी अपने बाग में सहेलियों के साथ नाची थी। फिर वे रुक गए। उन्होंने एक-दूसरे की आँखों में झाँका। उनके होंठ काँपे, दिल धड़के, और बाँहें एक-दूसरे के गले में पड़ गईं। फिर वे एक-दूसरे से अलग होकर खड़े हो गए। सस्सी ने पुन्नू का हाथ चूमा और उसी समय वह कब्र में दाखिल हो गई।

पुन्नू ने आँखों पर से हाथ उठाए और चौंककर उठा। उसने कब्र में झाँका, जनाजा उसी तरह वहाँ पड़ा था। उसने वहाँ खड़े लोगों के चेहरों की ओर देखा। सब लोग रो रहे थे। उसने कब्र की परिक्रमा की और उसके मुँह से ऊँची चीख निकली—

"ओ मेरी सस्सी!"

और उसने कब्र में छलाँग लगा दी।

कहते हैं, उसी समय कुछ ऐसी करामात हुई कि कब्र बन्द हो गई। कई आशिक यह भी कहते हैं कि उन्होंने चाँदनी रातों में सस्सी और पुन्नू को कब्र में से निकलकर नाचते हुए देखा है। यह भी मशहूर है कि सच्चे प्रेमियों को पुन्नू, और सच्ची प्रेमिकाओं को सस्सी वसल का प्याला अपने हाथों से पिलाते हैं।

# मिर्जा-साहिबाँ

मीठा-मीठा मौसम, सुबह का समय, झंग सयालों के गाँव में मर्द अभी खेतों में गए हुए थे, स्त्रियाँ काम में लगी हुई थीं, गलियों में कोई इक्का-दुक्का व्यक्ति ही गुजरता हुआ दिखाई देता था, या फिर कोई बच्चा बगल में बस्ता दबाए किसी घर से निकलता हुआ दिखाई दे जाता था।

भटकती, बल-खाती एक लड़की धीरे-धीरे चलती हुई एक घर के दरवाजे के सामने खड़ी होकर आवाज देती है। अन्दर से उसी की उम्र का एक लड़का जल्दी से निकलता है, जैसे उसी की प्रतीक्षा कर रहा हो, और उसके इनकार करने पर भी वह लड़की से बस्ता लेकर उसे अपने बस्ते के साथ उठा लेता है और दोनों चल पड़ते हैं।

"पर मिर्जे, मेरा बस्ता तू मुझे क्यों नहीं उठाने देता?" लड़की ने उसकी ओर मुँह उठाकर पूछा।

"तेरा बस्ता उठाने पर मेरा मस्जिद में जाने का दिल कर आता है। वैसे पढ़ना मुझे अच्छा नहीं लगता," लड़के ने भोलेपन में जवाब दिया।

"पर मैं कहती हूँ कि तू पढ़ा कर, मुझे पढ़ने में बड़ा मजा आता है।

आजकल मैं एक बहुत मजेदार किताब पढ़ रही हूँ।" और लड़की ने अपने साथी की कमर में बाँह डाल दी।

"अच्छा साहिबाँ, अगर तू कहेगी तो मैं पढ़ा करूँगा, पर जो कुछ मौलवी पढ़ाता है, वह मुझे कुछ समझ में नहीं आता।" उस समय वह अपनी कमर के साथ लगे हुए हाथ की अँगुलियों को मन-ही-मन गिन रहा था।

छोटी-छोटी बातें करते हुए वे चलते गए। ग्यारह-ग्यारह साल की उम्र होगी दोनों की,पर लड़की लड़के की अपेक्षा कुछ ज्यादा होशियार दिखाई देती थी।

मस्जिद के दरवाजे पर पहुँचते ही साहिबाँ ने मिर्जा से अपना बस्ता ले लिया। उन्होंने मस्जिद के सेहन में कदम रखा ही था कि दो और लड़के साहिबाँ के पास आकर उसका बस्ता उठाने लगे।

"क्यों साहिबाँ, आज मेरी बारी है न? यह परसों तुम्हारे साथ बैठा था।"

"मैं कब परसों बैठा था? साहिबाँ, यह झूठ बोलता है।"

साहिबाँ ने दोनों से अपना बस्ता छुड़ाकर मुस्कराते हुए कहा, "तुम दोनों फिर मेरी वह बात भूल गए हो न?"

"कौन-सी?" दोनों लड़के सोचने लगे।

"कि झगड़ा करनेवाले किसी के साथ भी मैं नहीं बैठूँगी, चाहे उसकी बारी ही हो।"

दोनों लड़के शरमाकर पीछे हट गए।

"अच्छा म्हने, तेरे साथ मैं कल बैठूँगी, और हमीदे, परसों तेरे साथ।"

"और आज?" दोनों ने एकदम पूछा।

"आज मैं मिर्जे के साथ बैठूँगी। यह कभी कहता ही नहीं मुझे बैठने के लिए।"

"क्यों साहिबाँ, यह तुम्हारा कहना नहीं मानते क्या?" मौलवी ने अपनी छड़ी टाँगते हुए कहा।

"नहीं जी, यह मेरा कहना कभी टालते ही नहीं। हाँ, कभी-कभी मेरे साथ बैठने के लिए झगड़ पड़ते हैं।"

मौलवी छोटे-से चबूतरे पर बैठ गया। उसने खद्दर का सफेद कुर्ता पहना हुआ था, और नीले रंग की तहमद बाँधी हुई थी। उसकी सफेद पगड़ी में से काले बाल पीछे की ओर लटकते हुए दिखाई देते थे, जिन्हें थोड़ी-थोड़ी देर के बाद वह अँगुली से सँवार लेता था। उसकी थोड़ी-थोड़ी कटी हुई भरपूर दाढ़ी थी, नमाजी माथा था, और स्वस्थ शरीर।

"खोलो बस्ते, और कल जो पढ़ा था, वह बारी-बारी से सुनाओ।"

साहिबाँ ने बस्ता खोला। एक मोटी-सी किताब निकालकर उसने एक तरफ रख ली और दूसरी किताब खोलकर पढ़ने ही लगी थी कि मौलवी की नजर उस मोटी किताब पर पड़ी।

"दिखाओ तो साहिबाँ, यह कौन-सी किताब पढ़ रही हो?"

"अलफ लैला। बुआ बीबी ने दी है मुझे। इतनी मजेदार है कि साथ ले आई हूँ। कभी आप आते नहीं हैं। सोचा कि तब पढ़ लिया करूँगी।"

मौलवी ने किताब खोलकर देखी, फिर एक जगह से कुछ पढ़ा, और हैरानी से पूछा, "तुम समझ लेती हो इसे साहिबाँ?"

"कई लफ्ज मुझे समझ नहीं आते, पर कहानी सारी मैं समझ लेती हूँ।"

किताब साहिबाँ को वापस देते हुए मौलवी ने मिर्जा की ओर देखा। वह साहिबाँ के दाएँ हाथ सुस्त-सा बैठा हुआ था।

"पर साहिबाँ, इस अपने साथी को भी पढ़ने का शौक लगाओ। देखो तो, किस तरह खोया-खोया-सा बैठा है। मस्जिद के बाहर तो बड़ा चुस्त दिखाई देता है।"

"जी, आज मैंने इसे समझाया था। कहता था कि अब आगे से पढ़ा करेगा।"

"सुन मिर्जे, अगर कल भी तुम इसी तरह पत्थर बनकर बैठे हुए दिखाई दिए तो मैं तुम्हारे बाप को कहला भेजूँगा कि तुम्हें दानाबाद ले जाए। यहाँ फिजूल में तुम अपना और मेरा वक्त खराब कर रहे हो।"

"बस एक हफ्ता, मौलवी, आप और देख लीजिए," साहिबाँ ने कहा। "मैं बुआ बीबी के घर जाकर इसे पढ़ाया करूँगी। इसे अभी शौक ही नहीं पड़ा, वैसे तो काफी अक्लमन्द है।"

साहिबाँ ने मिर्जा की ओर देखा, तो मिर्जा ने उसकी ओर आँखें उठाईं, पर मौलवी को अपनी ओर देखते हुए पाकर फिर नीचे की ओर देखने लगा।

"अच्छा, कुछ दिन और देख लेता हूँ। और कल से रोज मैं तुमसे सबक सुना करूँगा, मिर्जे।"

मस्जिद से छुट्टी होने के बाद साहिबाँ मिर्जा के साथ बुआ बीबी के घर गई और उसे मौलवी की बात सुनाई। पढ़ने के लिए पहले भी कई बार बीबी ने मिर्जा से कहा था, पर जो बात उसने आज कही, उसका असर मिर्जा पर बहुत गहरा हुआ।

"अगर बेटा, मौलवी ने चौधरी को लिख ही दिया तो वे कहेंगे कि मैंने तुम्हारा खयाल नहीं रखा। और फिर यहाँ आकर तुम्हें अपने साथ ले जाएँगे। तब सारी उम्र मैं उनके सामने शर्मसार बनी रहूँगी।"

बीबी के घर कोई सन्तान न होने के कारण, उसने बहन से मिर्जे को माँगा हुआ था। फिर सयालों के मौलवी का भी नाम था। साहिबाँ मिर्जा के मामा की बेटी थी।

"और साथ ही, बुआ, मेरी पढ़ाई भी खराब हो जाएगी," साहिबाँ ने कहा। "माँ पहले ही कहती है कि अब मैं सयानी हो गई हूँ, सो मस्जिद न जाया करूँ। मैं कहती हूँ कि मिर्जा जो मेरे साथ होता है। यह सुनकर वह मान जाती है। मिर्जा चला जाएगा तो मेरी पढ़ाई भी खत्म हो जाएगी।"

उस समय मिर्जा जैसे गहरे विचारों में डूबा हुआ था।

"बेटा," मासी ने उससे बड़े प्यार से कहा, "तुम हो तो मेरा सूना घर भरा हुआ है। एक साल मेरी खातिर ही मन मारकर पढ़ लो ताकि बहन के सामने मुझे झूठी न होना पड़े।"

मिर्जा मासी के चेहरे की ओर देखने लगा। उसकी आँखें कहती थीं कि मासी ने उसके दिल को झकझोर दिया था।

"अच्छा मासी, साहिबाँ भी कहती थी कि वह मेरी मदद करेगी, तुम भी थोड़ा-बहुत बताती रहना, मैं पढ़ा करूँगा। पूरा दिल लगाकर पढ़ा करूँगा।"

प्यार के आवेग में किसी बच्चे का वादा कई बार बड़ी उम्र के लोगों के वादे से भी पक्का साबित होता है। मिर्जा ने भी अपना वादा इस तरह पूरा किया कि मासी और साहिबाँ ही नहीं, मौलवी भी देखकर हैरान रह गया। साल-भर की कमी उसने एक महीने में पूरी कर ली। मौलवी ने कई मौकों पर मिर्जा की पीठ थपकी।

पहले उसे दिन-भर में एक ही बात अच्छी लगती थी—साहिबाँ के साथ मस्जिद जाना और आना। अब उसका सारा दिन अच्छी बातों से भर गया। मासी भी खुश थी, मौलवी भी खुश था, और साहिबाँ...वह रोज उसके घर आती, उसका दिया हुआ सबक वह दिन-भर याद करता। सबक याद करते हुए उसे लगता कि साहिबाँ उसके पास बैठी हुई है।

अब वह उम्र का बारहवाँ साल खत्म कर चुका था, और उम्र की सीढ़ी के अगले डंडे पर पाँव रखने पर उसे मीठी यादों का लहराता हुआ बाग दिखाई दिया। उस बाग की ओर से आनेवाली हवा उसके दिल में जवानी की महक फैला जाती थी।

साहिबाँ की पाजेब बजती, मिर्जा की आँखें दरवाजे की ओर उठतीं। साहिबाँ के होंठों पर मुस्कराहट आती तो मिर्जा के होंठों पर याद किया हुआ सबक जैसे छलकता। पहले उसे सपना आता था कि वह साहिबाँ का बस्ता उठाए अपनी कमर से लगे उसके हाथ की अँगुलियाँ गिनता हुआ चला जा रहा है। मस्जिद नजदीक न आती और वह चलता जाता, उसके दिल में कोई अनदेखी खुशी समाती जाती, और जब वह दिल में से छलककर बाहर आने लगती तो उसकी आँखें खुल जातीं।

अब वह और तरह का सपना देखने लगा था—साहिबाँ उसे पढ़ा रही है, किताबें खत्म हो जाती हैं, और आखिरी किताब रखकर साहिबाँ उसकी चमकती हुई आँखों में झाँकती है और उसका हाथ पकड़कर कहती है, "और मैं तुझे क्या पढ़ाऊँ? तूने तो मुझे पूरी तरह पढ़ लिया है।"

साहिबाँ की अँगुलियों द्वारा कई सबक उसके अन्दर समाते जाते...और फिर उसकी आँखें खुल जातीं।

पर कुछ ही देर में वह फिर आँखें बन्द कर लेती क्योंकि वह सपना उसे ज्यादा मनमोहक लगता।

"क्यों मिर्जे, पढ़-पढ़कर अभी तक तेरा मन नहीं भरा है? तू फिर आ गया है।"

साहिबाँ उसे हँसती हुई दिखाई देती। और वह कहता, "मैं पढ़ने के लिए नहीं आया। दिल चाहता है कि तेरे साथ घोड़ी पर चढ़कर उड़ूँ। घोड़ी लेकर आया हूँ, साहिबाँ। बैठ जा मेरे पीछे।" और वे आसमान में उड़ने लगते।

यह साल मिर्जा और साहिबाँ की उम्र का बहुत मीठा साल था। दिन के समय के लाल साए रात को तारे बनकर सपनों में टिमटिमाते थे। धरती और आकाश रँगे गए। दो बालक आत्माएँ—एक का हाथ दूसरी के कन्धे पर दूसरी का हाथ पहली की कमर के गिर्द—जवानी के मस्ती-भरे गुलिस्तान में प्रवेश कर रही थीं।

मिर्जा के पिता को खबर मिली कि लड़का पढ़ाई में अच्छा चल रहा है। वह एक दिन उसे देखने के लिए आया। बेटे के अंगों में जवानी खिलती हुई देखकर उसके अन्दर एक अलग किस्म की तड़प पैदा हुई।

'खूबसूरत जवान निकलेगा, मिर्जा!' उसने सोचा। 'इसे जवानों के हुनर सिखाऊँगा। तीरन्दाजी और घुड़सवारी में इसका सानी कोई न हो। अकेला ही दस-दस आदमियों का मुकाबला कर सके।'

और उसने अपनी साली, बीबी से बात की। बीबी ने एक साल और पढ़ाई जारी रखने की सलाह दी।

"नहीं, बीबी," बिन्जल खरल ने सिर हिलाया, "इसे हमें कौन-सा मौलवी फाजाल बनाना है। बहुत पढ़ लिया है। जिनकी जमीनें होती हैं, उनके दुश्मन भी होते हैं। इस पर ऐसी जवानी चढ़ती हुई मुझे दिखाई दे रही है कि एक दिन उसकी धूम मच जाएगी। इसे मैं तेगजन और तीरन्दाज बनाऊँगा, शाह सवार बनाऊँगा।"

मिर्जा के दानाबाद चले जाने की बात पक्की हो गई। पर साहिबाँ ने मिर्जा को दो दिन अपने घर में ले जाकर रखने के लिए बिन्जल को मना लिया। उसे गाँव जाकर बहुत-से काम करने थे, पर साहिबाँ की बात उसे माननी ही पड़ी। उसकी बात को टालना आसान नहीं था। बीबी उसकी मुश्किल-से-मुश्किल बात मानकर कहा करती थी, "तेरी बात कोई कैसे टाले, साहिबाँ! तेरे मुँह से निकले हुए शब्द तो जैसे आदमी को बाँहों में भर लेते हैं।" साहिबाँ की आँखों में भी कोई जादू था। जब वह किसी से कोई बात खासतौर पर मनवाना चाहती तो उसकी आँखों में एक ऐसा भाव आता कि आदमी उसे इनकार न कर सकता।

दो दिन वे दोनों एक क्षण के लिए भी नहीं बिछड़े।

"साहिबाँ, अपनी किताब में से वह कहानियाँ सुना, जो तुझे अच्छी लगती है," मिर्जा ने कहा।

साहिबाँ किताब लाई। उसमें से उसने एक कहानी सुनाई। प्यार के रंग में रँगी हुई किसी राजकुमारी की कहानी थी वह।

"तू तो साहिबाँ, ऐसे पढ़ती है जैसे यह तेरी अपनी कहानी हो।"

"मिर्जा कहीं का!" साहिबाँ ने उसकी ठुड्डी पर अँगुली रखकर ऐसे अन्दाज में कहा जैसे वह एकाएक छोटी-सी लड़की से बड़ी होकर जवान बन गई हो।

"साहिबाँ, और सुना," मिर्जा ने कहा।

एक, दो, तीन और पूरी चार कहानियाँ साहिबाँ ने उसे सुनाईं। सुनाते हुए उसके मन में पता नहीं क्या आया कि उसने किताब बन्द कर दी और मिर्जा के कन्धों पर हाथ रखकर पूछा, "मिर्जे, बता तो भला, कभी साहिबाँ को याद भी करेगा?"

बन्द कमरे की कोई खिड़की खुल जाने से जिस तरह अचानक रोशनी की बाढ़ आँखों को चुँधिया देती है, मिर्जा को कुछ ऐसा ही अहसास हुआ। उसके काँपते हुए होंठों से कोई जवाब नहीं निकला।

"तो मुझे बिलकुल ही भूल जाएगा तू?" साहिबाँ ने पूछा, यद्यपि वह जानती थी कि मिर्जा उसे भूल नहीं सकेगा।

"तेरी कौन-सी बात मैं भूल जाऊँगा, साहिबाँ!" मिर्जा के होंठ आखिर खुले ही।

साहिबाँ ने उन होंठों की ओर देखा। मद्धिम-सा कम्पन था उनमें। फिर उसने उसकी आँखों में झाँका। उनमें हल्की-सी सजलता थी।

"भला बता तो, मेरी कौन-सी बात तुझे सबसे ज्यादा याद रहेगी?" साहिबाँ ने उसके दोनों हाथ अपने हाथ में ले लिये।

"अपनी कमर के गिर्द तेरा हाथ—नहीं, नहीं, तेरा पढ़ाना—नहीं, यह भी नहीं, तेरा मुझसे पूछना कि रात मैंने कौन-सा सपना देखा था—नहीं, साहिबाँ, नहीं, सच बताऊँ, मुझे पता ही नहीं लग रहा कि तेरी कौन-कौन-सी चीज याद करूँगा। पर यह मैं कह सकता हूँ कि तुझे मैं कभी भी भूल नहीं सकूँगा।"

अगले दिन सुबह का नाश्ता करके बिन्जल खरल अपनी घोड़ी पर सवार हो गया। मिर्जा मासी से गले लगकर मिला। फिर उसने निशानी के तौर पर अपना चाकू जेब से निकालकर साहिबाँ को दिया। उसके बाद वह बड़ी मुश्किल से कदम उठाता हुआ पिता की ओर गया और घोड़ी पर चढ़कर उसके पीछे बैठ गया। बिन्जल ने घोड़ी को एड़ लगाई। मिर्जा ने पीछे मुड़कर देखा और तब तक देखता रहा जब तक पिता की आवाज उसके कानों में नहीं पड़ी, "जरा ठीक होकर बैठो!"

और अब साहिबाँ उसे ढूँढ़ने से भी हट गई थी।

दानाबाद पहुँचते ही बिन्जल ने कई उस्ताद बुलाकर मिर्जा को उनके हवाले कर दिया।

"तब मानूँगा तुम्हारी उस्तादी को," उसने उस्तादों को कई किस्म के इनामों का लालच देकर कहा, "कि इस इलाके में मिर्जे-जैसा न कोई तीरन्दाज हो, न कोई घुड़सवार।"

"इंशाअल्लाह," उस्तादों ने मिर्जा के शरीर को पटखते हुए उससे दस्त पंजा लिया।

"बड़ी जान है, खान, इसकी बाँहों में," उन्होंने कहा।

मिर्जा के लिए एक घोड़ी चुनी गई, जिसका असली नाम 'अरबी शहजादी' था, पर मिर्जा की छोटी बहन अपनी तोतली जबान में उसे 'बकी' कहकर पुकारा करती थी। सो उसका नाम बकी ही पड़ गया था। वह कद की छोटी थी, और बहुत अक्लमन्द थी। उसका चौड़ा माथा था, बड़ी-बड़ी आँखें, और खुले नथुने थे। उसकी पीठ छोटी और तगड़ी थी। वह चलती थी तो लगता था जैसे उड़ जाना चाहती हो। हर कोई उसकी सवारी नहीं कर सकता था। पर मिर्जा को उसने पहली नजर में ही कबूल कर लिया था। अब वह 'मिर्जा की बकी' कहलाने लगी। सिर्फ बिन्जल ही उसे 'अरबीशहजादी' कहता था।

कई साल बीत गए। मिर्जा और उसकी बकी की आसपास के इलाकों में चर्चा होने लगी। चर्खा कातती हुई जवान लड़कियाँ उसके गीत गाने लगीं। बकी की चाल को लोग देखते रह जाते।

सपनोंवाली घोड़ी तो मिर्जा के नीचे आ गई, पर सपनोंवाली मलका, वह सोचता, पता नहीं कब उस पर सवारी करेगी। 'अलफ लैला' नाम की किताब साहिबाँ ने उसे निशानी के तौर पर दी थी। जब कभी मिर्जा उसकी कहानियों को पढ़ता, जो उसने साहिबाँ से सुनी थीं, तो वह उन कहानियों का राजकुमार बन जाता और बकी पर सवार होकर अपनी राजकुमारी को ढूँढ़ने के लिए निकलता।

कई बार उसके मन में आया कि वह सयालों के गाँव जाए, पर उसके उस्ताद उसे छुट्टी न देते। उनका आपस में मुकाबला था कि किसके हुनर में मिर्जा पहले ताक बनता है।

पर मिर्जा को सयालों के गाँव की खबरें मिलती रहतीं कि वहाँ सुन्दरता की नदी में बाढ़ आई हुई है। साहिबाँ अब जवान हो गई थी। उसकी जुल्फों में कोई जादू था, आँखों में तारे चमक रहे थे, होंठ कमान-जैसे बन गए थे, और दिल में उमंगें मचल रही थीं। जो भी साहिबाँ को देखता, उसके दिल में कोई लालसा जाग उठती।

साहिबाँ जवान हो गई, जीवन का मरुस्थल समुद्र बनकर ठाठें मारने लगा।

बुआ बीबी के घर वह रोज जाती। बीबी कई बार दानाबाद से हो आई थी, मिर्जा को मिल आई थी। "कैसा सुन्दर निकला है।" वह कहती तो, सुनकर साहिबाँ का दिल किसी नशे से भर जाता।

"बुआ, तुमने कहा नहीं उसे कि कभी कुछ पलों के लिए ही यहाँ का चक्कर लगा जाए?"

"वह तो आने के लिए तरस रहा है, पर उसके अब्बा के सिर पर खब्त सवार है। वह चाहता है कि मिर्जा जैसा न कोई शाहसवार हो, न तीरन्दाज, और न ही तेगजन। सो मिर्जे को अपने उस्तादों से छुट्टी नहीं मिलती।"

"क्या उसे याद है कि कभी मैं भी उसकी उस्ताद थी?" साहिबाँ पूछती।

"याद की क्या पूछती हो? वह तुम्हारी किताब उठाकर मेरे पास ले आया और कहने लगा—'जब भी वक्त मिलता है इसमें से एक कहानी मैं रोज पढ़ लेता हूँ। साहिबाँ को इस बारे में बता देना।'"

काफी रात हो जाने पर भी साहिबाँ सो न सकी। सोचती रही कि मिर्जा कैसा लगता होगा। अगर कभी घर आए तो क्या अब भी वह उसकी कमर में बाँह डाल सकेगी? और अगर मिर्जा आज उसके कन्धे पर हाथ रख दे तो वह क्या महसूस करेगी?...उस समय उसके अन्दर एक झुनझुनी-सी दौड़ जाती और उसके होंठों से निकलता, "मिर्जे एक बार, बस एक बार आ जाओ, मैं देखना चाहती हूँ कि अब मैं तुम्हें कैसी लगती हूँ।"

उसे नींद आ जाती। मिर्जा आ जाता और उसे अपनी बकी पर बैठाकर आसमान में उड़ जाता।

साहिबाँ की शादी की बातें होने लगीं। एक बार बीबी ने अपनी माँ से भी कहा था कि मिर्जा-जैसा लड़का ढूँढे से भी नहीं मिलेगा। माँ को उसकी बात जँची थी और उसने साहिबाँ के दादा, खीवा खान की सलाह पूछी थी। खीवा खान बहुत गहरा आदमी था।

"भोली मलकी, एक ही तो हमारी बेटी है, इसके जरिये कोई और बड़ा घर क्यों न हासिल करें? बिन्जल का घर तो हमारा अपना है ही।"

"तो फिर उसका रिश्ता कहाँ करेंगे?"

"चन्दड़ हमारे सानी हैं, कुछ अकड़े हुए भी रहते हैं, उनका बेटा ताहिर जवान है—अगर उनके यहाँ रिश्ता हो जाए तो समझो सारा इलाका ही अपना हो जाएगा।"

जब साहिबाँ को इस बारे में पता लगा तो वह बहुत दुखी हुई। बीबी के घर जाकर रोई। बीबी ने उसे दिलासा दिया।

"बुआ, तुम मिर्जे को जाकर कहो कि वह अपने माँ-बाप से कहकर कुछ करे," साहिबाँ ने कहा, "किसी तरह उनकी तरफ से जोर डलवाए। यहाँ तुम और फूफाजी मिलकर जोर डालोगे तो दादा मान जाएँगे।"

बीबी दानाबाद गई। उसने अपनी बहन और बहनोई से सलाह की। पर बहन अपने पिता को जानती थी। और बहनोई बहुत गर्वीला व्यक्ति था।

"चन्दड़ों का मजा भी खीवा देख लें!" बिन्जल ने कहा। "मैं रिश्ते के लिए वहाँ जाने को तैयार नहीं हूँ।"

आखिर बीबी ने मिर्जा को समझाया कि वह खुद वहाँ चलकर कहे कि साहिबाँ पर सबसे पहले उसी का हक बनता है।

"इसमें जरा-सी भी देर न करना," बीबी ने कहा। "नाई चन्दड़ों के गाँव जाने ही वाला है, और साहिबाँ है कि उसे खाना-पीना सब कुछ भूला हुआ है।"

मिर्जा को सब कुछ भूल गया। मासी के पीछे-पीछे ही वह सयालों के गाँव पहुँच गया।

देखने-सुनने में फर्क था। सयाल की दीवारें भी मिर्जा को जैसे पहचान रही थीं। लड़कियाँ अपने घरों की छतों पर चढ़कर उसे देख रही थीं। मिर्जा के पुराने दोस्त उसे मिलने के लिए आए। वह अपने मौलवी को सलाम करने गया : "मैं हूँ, मिर्जा, आपका नालायक शागिर्द!" उसने मौलवी के पास जाकर कहा।

"अल्लाह, अल्लाह, सुब्हान अल्लाह—मिर्जा!" मौलवी ने उसे बाँहों में भर लिया।

मिर्जा अपने नाना को भी बहुत अच्छा लगा। भाभी, नानी ने उसका सिर-मुँह चूमा। साहिबाँ की हालत अजीब बनी हुई थी। जब मिर्जा उसके सामने आया तो साहिबाँ के न हाथ उठे, न होंठ खुले। एकाएक जैसे उसकी आँखों का सपना असलियत बनकर उसके सामने खड़ा हो गया।

मिर्जा ने उसकी ओर देखा तो उसके दिल में आया कि उसके कन्धे पर हाथ रख दे, पर यह वह कन्धा नहीं था, और न ही उसका हाथ वह हाथ था।

"आह, कैसे बन गए हैं साहिबाँ के कन्धे और कैसे हैं उसके हाथ!" मिर्जा हैरान था।

"साहिबाँ!" आखिर उसके मुँह से निकला।

"मिर्जा!" साहिबाँ के मुँह से भी एक ही शब्द निकला।

फिर वे सरसरी तौर पर एक-दूसरे की कुशलता के बारे में पूछने लगे। इधर-उधर की बातें होने लगीं।

फिर एक अच्छा मौका जानकर मिर्जा ने अपने नाना से बात छेड़ी। उसके पिता ने उसे रोका था कि नाना के पास न जाए।

"क्यों न जाऊँ?" उसने कहा था। "साहिबाँ पर मेरा हक सबसे पहले है।"

और उस समय नाना से बात करते हुए भी उसने दिलेरी से कहा, "नाना मैं आपका हूँ ही, नानाजी, अब आप मुझे अपना बेटा भी बना लीजिए। साहिबाँ के संग मैं खेला हूँ, पढ़ा हूँ। अगर वह किसी और घर में चली गई तो मैं समझूँगा कि मेरा हक मारा गया है।"

एक बार तो खीवा खान भी उसकी दिलेरी पर खुश हो उठा। पर वह चन्दड़ों के यहाँ नाई भेज चुका था—रिश्ते की बात तय करने के लिए।

"बेटा मिर्जा, तुम मुझे बहुत अच्छे लगते हो," उसने कहा। "अगर साहिबाँ

की एक और बहन होती तो मैं तुम्हारी बात मान लेता। अब मैं चाहता हूँ कि चन्दड़ों के साथ रिश्ता जोड़कर बेफिक्र हो जाऊँ। फिर हमें किसी का खतरा नहीं रहेगा। तुम लोग तो हमारे अपने हो ही।"

मिर्जा ने बड़ी दिलेरी से कहा कि अब भी उन्हें किसी का खतरा नहीं है। किसी में हिम्मत नहीं है कि उनकी तरफ आँख उठाकर देखे भी। नाना उसकी यह बात सुनकर अश-अश कर उठा, पर वह यह बात भी नहीं भूल सकता था कि चन्दड़ों के शेरों-जैसे सात जवान बेटे थे।

"तुम्हारा दिल तोड़ने का मुझे अफसोस है, पर मैं लाचार हूँ, क्योंकि नाई को मैं भेज चुका हूँ," नाना ने बात खत्म करने के अन्दाज में कहा।

मिर्जा उठकर अपनी मासी के यहाँ चला गया और उससे कहा कि अपने घर में साहिबा से उसकी मुलाकात कराए।

मासी के घर में मिर्जा कई साल तक साहिबाँ का इन्तजार करता रहा था, जबकि वह मस्जिद में पढ़ने के लिए जाते समय उसे अपने साथ लेकर जाया करती थी। उसे देखकर वह दरवाजे की ओट में हो जाया करता था ताकि साहिबाँ उसे आवाज देकर बुलाए।

कई सालों के बाद आज फिर वह उसी घर में साहिबाँ की प्रतीक्षा कर रहा था। पर उस प्रतीक्षा में जमीन-आसमान का फर्क था। उन दिनों उसकी सिर्फ आँखें ही साहिबाँ की प्रतीक्षा करती थीं, आज उसका पूरा अस्तित्व साहिबाँ की प्रतीक्षा में तड़प रहा था।

"साहिबाँ आ जाए।...उन दिनों वह मुझसे लम्बी थी, अब वह मेरे कन्धों तक ही आती है। मैं उसे अपने दिल में छिपा लूँगा।"

और साहिबाँ आ गई। आज उसके पाँवों में पाजेब नहीं थी। पर उसकी चाल में मिर्जा को घुँघरू बजते हुए सुनाई दिए। उसे देखते ही उसका दिल धक्-धक् करने लगा।

जब साहिबाँ उसके पास आई तो उसके होंठ न खुल सके। साहिबाँ ने बड़ी नरमी से अपनी बाँह उसकी कमर के गिर्द लपेट दी तो मिर्जा ने भी किसी

संकोचवश अपना हाथ उसके कन्धे पर रख दिया। पर दोनों हाथों में कन्धों को दबाने की लालसा शरमा गई थी।

बीबी दोनों को उस हालत में देखकर खुश हुई और उन्हें अन्दर चारपाई पर बैठाकर किसी काम से बाहर निकल गई।

उन्होंने चार बालिश्त की दूरी पर से एक-दूसरे को देखा। साहिबाँ की नजर अनोखी थी। इसके पहले कई युवतियों ने मिर्जा को लालसा-भरी आँखों से देखा था, पर साहिबाँ की उस नजर में कुछ और ही बात थी। साहिबाँ की आत्मा का पक्षी पलकों पर पंख तोले हुए उड़ने के लिए तैयार बैठा था। मिर्जा को उसके पंखों में फरफराहट महसूस हुई। फिर ऐसे लगा जैसे वह पक्षी वहाँ से फुदककर उसकी बाँहों में समा गया। उसने उसे सीने से लगा लिया। उसकी बाँहों की कैद में पूरी आजादी थी।

जब बाँहें खुलीं तो आँखों से पराएपन का डर जाता रहा था। दो तकदीरें खुल गईं।

उनकी आँखों में एक-दूसरे के चेहरे ही नहीं दिखाई दे रहे थे, उनके दिलों में एक-दूसरे के दिलों की धड़कन भी सुनाई दे रही थी। सब कुछ कहना आसान हो गया। कुछ भी करना मुश्किल न रहा।

"अब मिर्जे, तुम क्या कहोगे?" साहिबाँ ने पूछा।

"अब कोई मुश्किल रही ही नहीं," मिर्जा ने बड़े धीरज से कहा।

"वह कैसे? मुझे भी बताओ।" साहिबाँ की आँखों में आशा झलकी।

"तुम मेरी हो...बस यही यकीन करना चाहता था। अब कोई तुम्हें मुझसे छीन नहीं सकेगा।"

"पर कहते हैं कि चन्दड़ों के घर में बेटों की फौज है।"

"इन बाँहों में पूरी कौम की ताकत है।" मिर्जा ने साहिबाँ के कन्धों पर अपनी बाँहें रख दीं।

"पर मिर्जे, मेरे भाइयों के साथ तुम्हें लड़ना न पड़े।"

"नहीं साहिबाँ, वे मेरे भी भाई हैं। यकीन रखो, मेरे तीरों और मेरी बकी

के होते मुझे किसी से लड़ना नहीं पड़ेगा। कोई हौसला ही नहीं करेगा, मुझसे लड़ने का। हाँ, मगर माँ-बाप की नमोशी का तुम्हें डर हो तो मुझे बता दो।" मिर्जा ने उसके कन्धे पर से बाँहें उठा लीं।

"नमोशी वे खुद मोल ले रहे हैं। मैं सिर्फ यह चाहती हूँ कि मेरी वजह से उन्हें कोई दुख न पहुँचे। जिस पेड़ में से मैं जन्म लेकर बड़ी हुई और तुम्हारे-जैसे शहजादे की नजरों में परवान चढ़ी हूँ, उस पेड़ का मेरी वजह से कोई नुकसान न हो।"

"तुम बेफिक्र रहो। मुझे ठीक वक्त पर खबर मिल जाए, मैं मौके पर पहुँच जाऊँगा।"

बीबी उनके पास आई। साहिबाँ उठकर उसके गले लग गई।

"साहिबाँ बेटी, मैं समझती हूँ, तुम्हारा घर मिर्जे का घर ही है। मैं तुम्हारे साथ हूँ। हर नेकी-बदी में हिस्सेदार हूँ।"

"मासी अब ठीक वक्त पर खबर पहुँचाना तुम्हारा काम होगा। साहिबाँ जिसकी है, उसी की हो जाएगी।" मिर्जा के आत्मविश्वास ने दोनों स्त्रियों के दिल के कमल खिला दिए।

बकी पर सवार मिर्जा जब तक पीछे मुड़-मुड़कर देखता रहा, बकी धीरे-धीरे चलती रही। और जब वह गाँव से निकली तो हवा से बातें करने लगी। उसके चारों ओर धूल उठ रही थी। उसकी टाँगें धूल में दिखाई नहीं दे रही थीं। ऐसे लग रहा था जैसे दो सिर धूल के आसमान में तैरते हुए जा रहे थे।

साहिबाँ के जीवन का रुख ही बदल गया था। रात को उसे बुआ हीर का सपना आया। सयालों ने एक होनहार लड़की की जिन्दगी पहले भी खराब कर दी थी। उसकी कब्र गाँव के बाहर बनी हुई थी। सयाल उस कब्र पर नहीं जाते थे। दूसरे सब लोग माई हीर की कब्र पर मुरादें माँगने जाते थे।

सुबह अभी अँधेरा ही था कि साहिबाँ ने हीर की कब्र पर जाकर सिजदा किया। इश्क की रानी के सामने प्रार्थना की कि वह मिर्जा की रक्षा करें।

दिन-भर उसे ऐसा लगता रहा जैसे बुआ हीर ने उसे गोद में उठाया हुआ हो। वह उड़-उड़कर घर का काम करती रही।

पर जब उसने सुना कि नाई उसका रिश्ता चन्दड़ों के यहाँ कर आया है तो उसके पंख शिथिल पड़ गए। नाई ने बताया कि चन्दड़ फूले नहीं समा रहे हैं। कहते हैं कि ऐसे सज-धजकर आएँगे कि दुनिया याद रखेगी।

उसके अपने गाँव में भी शादी की तैयारियाँ शुरू हो गईं, और ज्यों-ज्यों समय बीतता गया, साहिबाँ का दिल घटता रहा। पन्द्रह दिन, चौदह दिन... एक हफ्ता, आधा हफ्ता; और कल बारात आनेवाली थी।

मिर्जा की ओर से कोई खबर नहीं आई थी। बीबी खुद जाकर उसे सब कुछ बता आई थी। मिर्जा ने कहा था, "साहिबाँ जरा भी फिक्र न करे।"

पर बारात आ ही गई। कई मुजरे साथ थे। सारा गाँव राग-रंग में मस्त हो गया। साहिबाँ और बीबी का दिल डूब रहा था। मिर्जा की प्रतीक्षा में उनकी आँखें पक गईं। अब शाम का समय हो गया था।

तभी कोई व्यक्ति चद्दर में मुँह-सिर लपेटे वहाँ आया और उसने अस्तबल में अपनी घोड़ी बाँध दी। देखकर बीबी की जान-में-जान आई। उसका पति मुजरा सुनने के लिए गया हुआ था। उस व्यक्ति को अन्दर ले जाकर उसने साहिबाँ का दुख बताया और पूछा कि वह क्या चाहता था।

"बस मासी, साहिबाँ से कहना कि तैयार रहे। मुर्गे की पहली बाँग पर मैं और बकी उसके दरवाजे के सामने होंगे। दुनिया उस वक्त बेखबर बनकर सोई हुई होगी।"

साहिबाँ के लिए एक-एक पल एक सदी से लम्बा हुआ जा रहा था।

"अगर मिर्जा न आया तो कल मैं डोली में बैठ मौत के कन्धों पर उठी हुई जा रही हूँगी।...अगर मिर्जा न आया तो फिर मैं किसके लिए जिऊँगी?"

बाजों की धुनें गूँजी। साहिबाँ ने दिल दोनों हाथों से थाम लिया। और मरने का तरीका सोचने लगी।

बीबी ने आकर उसे बाँहों में भर लिया। मिर्जा की खबर सुनकर उसके दिल में मौत की जगह जीवन की लालसा लहराने लगी।

आधी रात की चाँदनी थी। मुजरा सुनकर लोग घरों में जाकर सो गए। दिन के शोर-शराबे के बाद गाँव में गहरी चुप्पी छा गई। उस चुप्पी में साहिबाँ किसी की आवाज की प्रतीक्षा में बिस्तर पर लेटी हुई थी। थकावट का बहाना करके उसने कपड़े बदले नहीं थे।

घोड़ी के कदमों की आवाज आई। साहिबाँ उठी। उसने चारों ओर देखा, सब सोए हुए थे। नींद में वे चेहरे उसे अच्छे लगे। उसने आह भरी, 'कभी इस घर से तिनका तोड़कर मुझे जाना न पड़ता।' और धीरे-से आँगन पार कर वह दीवार के साथ लगकर खड़ी हो गई।

तभी घोड़ी उसके पास आकर रुकी। सवार ने रकाब से पाँव निकाला। साहिबाँ ने उसमें अपना पाँव रखा। सवार का बढ़ा हुआ हाथ पकड़कर वह उछली और उसके पीछे जाकर बैठ गई। उसकी मेहरबानी का मौन धन्यवाद करने के लिए एक बार उसने सवार की कमर के गिर्द बाँहें लपेटकर उसे दबाया। सवार ने उन बाँहों को चूम लिया।

गाँव से बाहर निकलकर बकी जैसे उड़ने लगी। मिर्जा का सपना सच हो गया।

कुछ दूर आगे जाने पर मिर्जा को अपना वह वादा याद आया जो उसने साहिबाँ से किया था कि उसके हाथ से उसके भाइयों का कोई नुकसान नहीं होगा। पर अगर उन्होंने पीछा किया तो मुकाबला होना जरूरी था। यह सोचकर मिर्जा ने दानाबाद का रास्ता छोड़ दिया और दूसरे रास्ते पर हो लिया।

"साहिबाँ, दिन चढ़ने पर दानाबाद दूर हो जाएगा, पर हम एक बहुत खूबसूरत बाग में पहुँच जाएँगे। वहाँ जाना मेरे सपने का हिस्सा है। वहाँ कुछ देर रुककर मैं तुम्हारी आँखों में अपनी नई तकदीर पढ़ना चाहूँगा।"

"पर मिर्जे, उसका रखवाला डोगर फिरोज बहुत बुरा आदमी है," साहिबाँ ने चिन्तित होकर कहा।

"डोगर की मैं क्या परवाह करता हूँ," मिर्जा ने बड़े गर्व से कहा।

जब वे उस बाग के निकट पहुँचे तो सामने डोगर फिरोज दिखाई दिया। लगा ऊल-जलूल बोलने। मिर्जा ने समझाया कि वह चुप रहे, वरना अपनी जान से हाथ धो बैठेगा।

पर डोगर चुप न हुआ। मिर्जा को गुस्सा आया और उसने अपनी तलवार खींच ली। अगर साहिबा उसकी बाँह न पकड़ लेती तो डोगर का सिर कलम हो गया होता। "नहीं, मिर्जे, हमारा पहला मिलाप ही खून से न रँगा जाए।"

"पर साहिबाँ, अगर इसे जिन्दा छोड़ दिया तो यह अभी तुम्हारे घर जाकर हमारा पता दे देगा। तुम्हारे भाई दानाबाद जाने की बजाय इधर आ जाएँगे, और सारी बात बिगड़ जाएगी।"

"इसके वहाँ जाने तक हम अपने ठिकाने पर पहुँच चुके होंगे।"

"चल, दफा हो जा यहाँ से," मिर्जा ने डोगर से कहा और बकी को ऐड़ लगाई।

कुछ ही देर में वह बाग में दाखिल हुआ। मिर्जा ने वृक्षों के एक झुंड के पास बकी को खड़ा किया और उस पर से उतरकर एक तरफ को चल दिया। साहिबाँ ने मिर्जा के कन्धे पर से कमान उतारकर पकड़ ली और मिर्जा ने उसमें एक तीर अड़ा दिया।

"यह तीर और यह कमान, यह बकी और मेरी यह बाँहें, और तुम," मिर्जा ने साहिबाँ का सिर चूमते हुए कहा, "दोनों जहान मुझे अपने लगते हैं।"

वे एक साफ-सुथरी जगह पर जाकर बैठ गए। वृक्ष पर एक पक्षी चहका।

"साहिबाँ, हमें मुबारकबाद दे रहा है।"

पर साहिबाँ चिन्तित थी। वह सोच रही थी कि डोगर जरूर उसके घर जाकर सारी बात बता देगा और उसके भाई उसके पीछे आएँगे।

"मिर्जे, यहाँ क्यों रुक गए हो? चलो, घर चलकर बैठें।"

"नहीं साहिबाँ, वहाँ क्या पता कैसी हालत हो। वहाँ जाने से पहले मैं तुम्हें पूरी तरह अपने अन्दर तो समा लूँ। अपने होंठों की प्यास तो बुझा लूँ। तुम्हारी

जुल्फों की रात में अपनी उम्मीद के तारे तो देख लूँ। कुछ देर के लिए तुम सारी दुनिया को भूल जाओ और मेरे दिल के दर्द को दूर कर दो।"

साहिबाँ उस दुनिया से जैसे किसी और दुनिया में पहुँच गई। उसने मिर्जे के गले में बाँहें डाल दीं। कुछ क्षणों के उस चैन ने पूरी उम्र की बेकरारी दूर कर दी।

पिछली दो रातें मिर्जा सो नहीं सका था। उसके दिल, दिमाग और सभी अंगों में एक तनाव था। पर जब दिल का मरहम दिल से आकर लग गया तो वर्षों की शून्यता भर गई, शिकंजे में जकड़ी हुई रूह आजाद हो गई। "साहिबाँ, उस पल की बहिश्त की कीमत के बदले मैं जिन्दगी-भर देने को तैयार हूँ। अब आगे क्या होगा, इसकी मुझे परवाह नहीं है। अपनी गोद में मुझे सिर रख लेने दो और फिर तुम ऊपर से मेरी आँखों में झाँकना।"

मिर्जा लेट गया। अपनी दोनों बाँहें उसने साहिबाँ के गिर्द लपेट लीं। कभी साहिबाँ उस पर अपना चेहरा झुकाती, कभी मिर्जा उसे पकड़कर झुका लेता।

थकें हुए अंगों को प्यार की फुहार आराम पहुँचाने लगी। आँखें मुँद गईं। साहिबाँ ने देखा कि तरकश और कमान उसे चुभ रहे थे। सो उन्हें उतारकर उसने एक तरफ रख दिया। मिर्जा सोया हुआ था और साहिबा एकटक उसके नक्शे को देख रही थी। एक बार मिर्जा के होंठ मुस्कराए, तो साहिबाँ ने उन्हें नरमी से चूम लिया।

अब फिर उसे खतरा महसूस होने लगा। कोई आहट होती तो वह चौंक उठती। मिर्जा को जगाना चाहती, पर तभी लगता कि वह आहट यूँ ही हुई थी। उससे कोई खतरा नहीं था।

"पर अगर डोगर के बताने पर वे लोग हमारा पीछा करते हुए इधर आ जाएँ तो?"

उसने तरकश के तीर गिने। बारह से ज्यादा थे। फिर उसने कमान पर हाथ फेरा। बहुत जालिम कमान थी वह। साहिबाँ को अपने भाइयों का खयाल

आया। साथ ही याद आया कि मिर्जा का निशाना कभी चूका नहीं था। उसका दिल काँप उठा।

'पर मिर्जा का मेरे साथ इकरार है,' उसे सुख की साँस आई।

लेकिन अगर वे यहाँ आ ही पहुँचे तो मिर्जा इकरार कैसे पूरा करेगा? वे बहुत जन होंगे। पर तीरों से तो मिर्जा फौज भी रोक सकता है।

साहिबाँ ने मिर्जा को जगाया। "उठो, अब चलें।"

मिर्जा कोई बहुत मीठा सपना देख रहा था। "कोई आ गया है?" उसने पूछा।

"नहीं।"

वह फिर सो गया।

'भाई जरूर आ जाएँगे,' साहिबाँ का डर बढ़ता गया। 'सभी मारे जाएँगे।' तभी उसने उठकर तरकश लिया और दूर एक पेड़ पर जाकर लटका दिया। उसके बाद फिर मिर्जा का सिर गोद में लेकर बैठ गई।

'और अगर उन्होंने मिर्जा को मार डाला तो?' उसका दिल दहल उठा।

'मैं बीच में खड़ी हो जाऊँगी। भाई मेरे जिस्म पर से गुजरकर ही मिर्जा को हाथ लगा सकेंगे। अगर उनकी मौत मैं देख नहीं सकती तो वे मेरी मौत कैसे देख सकेंगे?'

यह सोचकर उसे सन्तोष हुआ और उसने मिर्जा का माथा चूम लिया।

कुछ ही देर में उसके कानों में घोड़ों के कदमों की आवाज पड़ी। उसने उधर देखा तो सबसे आगे आ रहे अपने छोटे भाई को पहचान लिया। उसे हाथ-पाँव की पड़ गई। उसी समय उसने मिर्जा को झटककर जगाया। "उठो, बकी पर सवार होकर यहाँ से भाग चलें।"

"तरकश! मेरा तरकश कहाँ गया? मैं मर नहीं सकता। मेरे तीर की झलक देखकर ही वे भाग जाएँगे! कहाँ है मेरा तरकश?"

"मिर्जे, मुझे माफ कर देना, भाइयों के डर से मैंने तरकश तुम्हारा हाथों से दूर कर दिया है। अब उसे पाने से पहले ही वे लोग यहाँ आ पहुँचेंगे। वह देखो, आ रहे हैं। बकी पर चढ़ो और भाग उठो।"

"नहीं साहिबाँ, तुम्हें छोड़कर मैं भाग नहीं सकता।" तभी वह काठी के साथ लगी अपनी तलवार खींच लाया। "अब साहिबाँ, अगर तुम्हारे किसी भाई के चोट आ जाए तो मुझे माफ कर देना। पर मरूँगा मैं लड़ते हुए ही।"

साहिबाँ उसके साथ चिपट गई। मिर्जा ने उसे एक तरफ हटाया। "वे तुम्हें क्यों मारेंगे? वे तुम्हें एक तरफ हटाकर मेरे सीने में खंजर घोंप देंगे। सो हट जाओ एक तरफ, साहिबाँ, मुझे अपनी तकदीर से मिल लेने दो।"

उसी समय सात व्यक्ति घोड़ों से नीचे उतरे। उनकी तलवारें चमक उठीं। साहिबाँ आगे बढ़कर उनके और मिर्जा के बीच में खड़ी हो गई।

"भाइयो, अब न मैं भाग सकती हूँ, न मिर्जा। जल्दबाजी न करो।"

"हम किसी की कोई बात नहीं सुनेंगे। अपना चोर हमने घेर लिया है।" यह बात कहनेवाला उसका भाई नहीं था। साहिबाँ उसे पहचानती नहीं थी। पर अगर वह कल रात भाग न आती तो वह आदमी उसका पति बन गया होता।

"भाइयो, मैं तुम्हें कहती हूँ, तुम्हें, जिनकी वफा की खातिर मैं मिर्जा के साथ बेवफा हुई हूँ..."

"अच्छा वफा की है तुमने हमारे साथ।" छोटे भाई ने कहा।

"सिर्फ एक बार मैंने अपने दिल की वफा पा ली है—उसके पहले मैं हमेशा दूसरों की वफादार रही हूँ—पर छोड़ो यह बातें—मैंने मिर्जा के तीर न छिपाए होते तो तुम शायद इस वक्त यहाँ खड़े न होते। मेरी इस वफा के नाम पर ही मेरी बात सुन लो।"

"हम कोई बात सुनने को तैयार नहीं हैं," वही पहला व्यक्ति बोला—चन्दड़ों का ताहर।

"मेरी विनती तुम्हारे आगे नहीं, अपने भाइयों के आगे है।" साहिबाँ की आँखों में उस व्यक्ति के लिए घृणा थी, जो जबरदस्ती किसी का पति बनना चाहता था।

"क्या चाहती हो, बताओ?" बड़ा भाई बोला।

"हम इसे जिन्दा छोड़नेवाले नहीं हैं, यह हमारा चोर है," ताहर कहने से न रह सका, और इस एक क्षण उसने मिर्जा पर अपनी तलवार का वार किया।

वार चूक गया पर मिर्जा का खून खौल उठा। वह शेर की तरह उस पर झपटा। "इसके बारे में साहिबाँ, मैंने कोई वादा नहीं किया था।" दूसरे ही क्षण मिर्जा ने ताहर को मार गिराया।

यह देखकर साहिबाँ के भाई उस पर टूट पड़े। तलवार-पर-तलवार बज उठीं। मिर्जा तेग का भी धनी था। सबके वार रोकता रहा। साहिबाँ कुरलाती रही, भाइयों के पाँव पकड़ती रही। "न मारो, तुम्हारी गुनहगार मैं हूँ। मिर्जा से दगा भी मैंने ही किया है। उसे मँगाया भी मैंने ही है। तुम्हारी खातिर—भाइयो—अपनी बहन की खातिर..."

पर तलवारें न रुकीं। छह तलवारों के वार रोकते हुए अन्त में मिर्जा की बाँहें थक गईं। अब सभी वार रोके नहीं जा रहे थे। कभी उसके कन्धे में से खून बहने लगता, कभी बाँह में से। आखिर उसका सीना भी जख्मों से भर गया। साहिबाँ से देखा न जाता। वह बार-बार उनके बीच में जाती।

"इसे पकड़कर रखो तो।" और एक भाई ने साहिबाँ को अपनी बाँहों में जकड़ लिया।

मिर्जा को लगनेवाले हर जख्म पर साहिबाँ के अन्दर से चीख निकलती। आखिर एक गहरा वार मिर्जा की छाती पर हुआ और वह गिर पड़ा। उसकी तलवार हाथ से छूट गई।

एकाएक साहिबाँ में ऐसा जोर आया कि वह भाई की पकड़ में से निकलकर मिर्जा के सामने खड़ी हो गई, और उसकी तलवार उठा ली।

"अब मेरे नजदीक न आना। मैं साहिबा नहीं, पागल लड़की हूँ। तुमने मिर्जा को मार डाला। अब वह कुछ पलों का मेहमान है। उसके साथ किए धोखे की माफी मुझे माँग लेने दो।"

सभी ठिठककर खड़े हो गए।

साहिबाँ ने मिर्जा के खून से भीगे हुए बाल माथे से हटाए, अपने दुपट्टे से उसकी आँखों को पोंछा, और उसका माथा चूमा।

"मिर्जे!"

"हाँ, साहिबाँ!"

"मुझे माफ कर दोगे?"

"माफी कैसी? मैंने अपनी जिन्दगी का पूरा मोल ले लिया—एक फरिश्ते को छू लिया..."

"मैंने तुम्हें कुछ नहीं दिया—सिर्फ मौत ही दी!"

"नहीं, तुमने मुझे अमर बना दिया!"

"क्या, एक पल और आँखें खुली रख सकते हो?"

"वह बन्द हुई जा रही हैं, पर तुम चाहती हो तो यह खुली रहेंगी। हाँ, मेरा हाथ अपने हाथ में पकड़े रहो।"

साहिबाँ ने उसका हाथ उठाकर चूम लिया।

"मैं कुर्बान मिर्जे! मैं चाहती हूँ, तुम देख लो कि मैंने तुम्हारे साथ नहीं, अपनी तकदीर के साथ बेवफाई की है। तकदीर तुम्हारी नहीं, डोगर फिरोज की मौत लेकर आई थी। मैंने उसे बचा लिया और अपने बेमिसाल इश्क की कहानी खत्म कर ली। यह न समझना कि भाई मुझे तुमसे ज्यादा प्यारे थे—सिर्फ अपनी खुशी से दूसरों की खुशी को ज्यादा प्यार करने की मेरी आदत तुम्हारी कातिल बन गई। हाँ, मैं तुम्हारी हूँ—तुमसे मुझे कोई अलग नहीं कर सकता..." और साहिबाँ उठकर मिर्जा के सामने खड़ी हो गई ताकि वह उसे देख सके। उसके हाथों में मिर्जा की तलवार थी। उसके दस्ते को चूमकर उसने उसे अपने पेट में घोंप लिया, और लड़खड़ाती हुई मिर्जा के पास जाकर लेट गई।

"जब मैं छोटी थी तो तुम्हारे कमर के गिर्द बाँह डाला करती थी। इस आखिरी वक्त पर मैं तुम्हारे सीने के गिर्द यह बाँह..."

मिर्जा की आँखें बन्द हो गईं, पर होंठ अभी भी काँप रहे थे।

"सा—हि—बाँ...!"

"हाँ,—मिर—जे...!"

# शीरी-फरहाद

हुस्न की पक्की रिहायश तो किसी प्यारे इनसान के दिल में होती है, पर कभी-कभी वह फूल के दिल में से उठी महक की तरह कुछ समय के लिए किसी बाँके जिस्मवाले इनसान को भी मस्त बना जाता है।

ऐसे बाँके जिस्म थे तुर्की के सुलतान सलीम की बेटियों, महमन बानो और शीरी के। उन्हें देखनेवाले के पाँव धरती पर से उठ जाते, बाँहें फड़क उठतीं, मुश्किलों के पहाड़ फट जाते और असम्भव बातें सम्भव हो गई लगतीं।

प्यार के पानी और हर चीज की बहुलता ने हुस्न की इन दो बेलों पर ऐसा यौवन चढ़ा दिया था कि वह सँभाले नहीं सँभलता था, पर ऐसे यौवन की किस्मत उसका साथ नहीं देती। पहले उन दोनों बहनों की माँ मर गई, फिर सुलतान ने संसार को जीतने की लालसा पर अपने बेटियों का सुन्दर ढंग से पालन करने की लालसा कुर्बान कर दी। जीत-पर-जीत प्राप्त करता हुआ वह अन्त में मारा गया।

महमन बानो सुलताना बन गई। वह शीरी से उम्र में बड़ी थीं, हुस्न में बराबर, पर दिल की जादूगरी में उसका मुकाबला नहीं कर सकती थी। शीरी

को देखकर फीकी जिन्दगी जीनेवाले लोग भी अपने दिलों में मिठास महसूस करने लगते। उसका शाही नाम छोड़कर लोग इसीलिए उसे शीरी यानी मीठी कहने लगे थे।

सुलताना बनने के बाद महमन बानो की कई स्वाभाविक कमजोरियाँ साकार होकर दिखाई देने लगीं। लोगों ने कई बार दिल में कहा—'कहीं शीरी बड़ी बहन होती!' तो भी शीरी के साथ महमन के प्यार में कोई फर्क न आया। दोनों बहनों के प्यार का उदाहरण दिया जाने लगा। सुलताना होने के झमेलों से जब महमन उकता जाती और उसके चेहरे पर सुन्दरता की जगह स्वाभिमान झलकने लगता तो उसे अपना चेहरा कुरूप-सा दिखाई देने लगता, और वह अपना कामकाज छोड़कर शीरी के गले में बाँहें डाल देती। फिर उसकी निर्मल आँखों में झाँककर और उसके निर्धन दिल की धड़कन महसूस करके वह दोबारा अपनी सुन्दरता के नशे में डूब जाती।

"कितनी खूबसूरत है मेरी बहन!" शीरी पलकें उठाकर कहती।

और एक बार जब शीरी को बुखार चढ़ा और चालीस दिन तक न उतरा और शाही हकीम और ज्योतिषी हार मान बैठे तो महमन ने सारे देश में ढिंढोरा पिटवा दिया कि जो भी शीरी को स्वस्थ कर देगा, उसे चालीस गाँव और चालीस 'लद्दे' दौलत दी जाएगी। शासन के काम से विमुख होकर महमन कंकाल बनी शीरी के सामने बैठी बड़े वजीर की ओर से अपने ढिंढोरे के जवाब की प्रतीक्षा करती रहती।

एक नामी हकीम शाही बाग के निकट रहता था। दोनों को घूमते, शीरी को माली के बच्चों के लिए फूल तोड़ते और महमन को माली की किसी गलती पर क्रोधित होते हुए उसने कई बार देखा था, और चाहा था कि शीरी बेशक मलका नहीं बन सकी, पर औलाद शीरी की ही राजगद्दी पर बैठनी चाहिए।

ढिंढोरा सुनने पर इस हकीम ने पहले तो अपनी पुस्तक में कुछ पढ़ा, फिर दवाइयों की कुछ पुड़िया बाँधीं और सिर हथेली पर टिकाकर देर तक सोचता रहा। उसे कोई बात सूझी और उसका बूढ़ा चेहरा चमक उठा। उसी

समय वह महल में गया और उसने सुलताना के पास कहला भेजा कि वह शीरी का इलाज करना चाहता है।

जब उसे सुलताना के पास ले जाया गया तो सुलताना ने उसके हाथों को चूमा और जल्दी-से-जल्दी उसे शीरी के पास ले जाना चाहा। पर हकीम ने अदब से रुककर कहा—

"शीरी की अपनी उम्र खत्म हो चुकी है, अब उसके लिए बहुत बड़ी कीमत पर नई उम्र खरीदी जा सकेगी।"

"चालीस नहीं, चार सौ गाँव दूँगी," सुलताना ने कहा। उसके चेहरे पर याचना का भाव था।

"चार सौ क्या, चार हजार गाँव भी एक उम्र की कीमत चुका नहीं सकेंगे। उम्र का औलिया कोई बहुत बड़ी कुर्बानी माँगेगा।"

"शीरी से बड़ी कोई चीज मुझे दिखाई नहीं देती। उम्र का औलिया बेशक सब कुछ ले ले, बस एक शीरी न ले।"

"उस हालत में आपको अपना हुस्न कुर्बान करना पड़ेगा, सुलताना।"

"वह किस तरह। जल्दी बताओ।"

हकीम को कोई जल्दी नहीं थी। उसने कहा कि वह सुलताना से अकेले में बात करना चाहता है।

सुलताना उसे अपने कमरे में लेकर गई तो उसने कहा—

"शीरी की सेहत इंशा अल्लाह आज ही से सुधरने लग जाएगी, और जितने दिन बीमार रही है, उतने दिनों में बिलकुल सेहतमन्द बन जाएगी। पर सुलताना को अपना हुस्न हमेशा के लिए नकाब के पीछे छिपाकर रखना होगा, कोई मर्द आपके चेहरे पर नजर न डाल सके। बहुत महँगा सौदा है यह सुलताना सलामत, पर यही एक तरीका है शीरी को बचाने का। उसकी उम्र के कुछ ही पल अब बाकी रह गए हैं।"

"कुछ ही पल!" सुलताना का चेहरा पीला पड़ गया। "और किसी मर्द की नजर मेरे चेहरे पर न पड़े।...पर अगर मैं किसी से शादी करना चाहूँ?"

"शादी से पहले वह आदमी आपका चेहरा नहीं देख सकेगा।"

"तो किसी की नजर में परवान चढ़ने की तसल्ली मुझे कुर्बान करनी पड़ेगी?"

"हाँ सुलताना, उम्रों के औलिए की यही सजा है।"

सुलताना ने आह भरी। वह अपनी शृंगार-चौकी के पास गई। उसने आईने में अपना चेहरा देखा। आखिर एक गहरी आह भरकर उसने अपना नकाब उठाया और चेहरे पर बाँध लिया।

"मुझे मंजूर है," उसने काँपती हुई आवाज में कहा।

शीरी स्वस्थ हो गई। चालीस दिन में पहले से भी सुन्दर बन गई। बहन की कुर्बानी ने उसके अन्दर सुन्दरता के किसी नए स्रोत को जन्म दिया था। महमन बानो का चेहरा भी अब चमकने लगा था। उसने शीरी को बचा लिया था, लोग उसका गुणगान कर रहे थे।

और तब उस खुशी में शीरी की सेहत का उसने जश्न मनाया। एक महल का निर्माण शुरू हुआ। उसका नाम 'कसरे-शीरी' (शीरी का महल) रखा गया। देश-भर के कारीगरों को उस महल के निर्माण में लगाया गया। महल तैयार होता रहा। दोनों बहनें—एक नकाब में, दूसरी खुले मुँह—कभी-कभी महल को देखने के लिए जातीं। उनके अलौकिक प्यार की यादगार था यह महल।

महल पूरा बन गया। तब सजावट का काम फरहाद को सौंपा गया, जिसका चित्रकारी में कोई मुकाबला नहीं कर सकता था। फरहाद अपनी कला में ही निपुण नहीं था, सुन्दर भी इतना था कि दूर-दूर तक उसकी चर्चा थी। उसका नाम सुनते ही जवान लड़कियाँ नकाब उठाकर उसे देखने लगतीं। कहते हैं, वह भटकता हुआ इनसान था, जिस चीज को भी उसकी अँगुलियाँ छू जातीं, जिस व्यक्ति से भी वह बात करता, उसे कुछ-का-कुछ बना देता।

लोग कहने लगे—"शीरी के महल की खूबसूरती अब चमकती है!" दुल्हन के अलग-अलग लिबासों की तरह कमरे सज गए थे। हुस्न को बिना लिबास की सादगी गुस्ल करती, शृंगार-कमरे में सजती, विश्राम-कमरे में खिलती,

बैठक में गम्भीर बनती, आखिर शयन-कमरे में अलंकारों और कपड़ों से स्वतंत्र होकर स्निग्ध बिस्तर के आलिंगन में चली जाती। हर फर्श, हर छत, हर दीवार किसी उस्ताद के हाथों के स्पर्श द्वारा अलौकिक बनी हुई थी।

महमन बानो भी शीरी को साथ लेकर महल देखने गई। हर कमरे में वे फरहाद के साथ घूमीं। सुलताना फरहाद से कई सवाल पूछती, फरहाद आदर से जवाब देता। सुलताना का चेहरा दिखाई नहीं दे रहा था, सो ऐसे लग रहा था, जैसे उसकी आवाज कहीं दूर से आ रही हो।

शीरी ने भी फरहाद से कई सवाल पूछे। जवाब देते हुए फरहाद को लगा, जैसे उसका चेहरा उसकी आँखों में समा गया था, और उसके शब्द उसके अपने होंठों के कहीं बहुत पास से उठ रहे थे।

सुलताना को पहली बार वह काला नकाब अपने चेहरे पर बलता हुआ महसूस हुआ। कई बार उसके होंठ गुस्से में फड़के, और उसने चाहा कि रेशम का वह काला टुकड़ा चेहरे पर से खींच डाले, और फरहाद देख ले कि उसके होंठों पर शीरी के होंठों के मुकाबले में कम सुर्खी नहीं है और फिर वह सुलताना भी है।

पर उम्र के औलिए को वादा किया हुआ था। वादा तोड़ने पर उसकी सजा अब शीरी को नहीं, उस तोड़नेवाली महमन को मिलेगी। उफ् किस शौक से फरहाद अपना काम खूबसूरत, नंगे नक्शोंवाली शीरी को समझा रहा था। सुलताना का वह बहुत आदर कर रहा था, पर जिस नजर से शीरी को देख रहा था, वह उन दो बहनों के अथाह प्यार में दरारें डाल रहा था। महमन के लिए शीरी वह शीरी न रही, जिसके लिए उसने अपने हुस्न पर पर्दा डलवा लिया था।

रात के समय दोनों बहनों को नींद नहीं आई। एक बहन अपने किए हुए वादे पर पछताती रही, 'काश, कहीं वह हकीम न आता। जुदाई तो माँ की भी भूल गई हूँ।' दूसरी बहन ने आज किसी अनोखे व्यक्ति से बातें की थीं। वह सोच रही थी—'क्या हर किसी के साथ वह ऐसे ही बातें करता होगा? क्या अगर महमन का चेहरा भी नंगा होता तो वह उसकी तरफ उसी तरह देखता, जैसे उसने मेरी तरफ देखा था?'

सुबह हो गई। दोनों बहनें अपने-अपने महल में तैयार हो गईं। एक का दिल बैठा जा रहा था, दूसरी का दिल हिलोरें खा रहा था। सुलताना दीवानखाने में जाकर बैठी, और उसने फरहाद को जल्दी आने के लिए हुक्म भेजा। शीरी अपनी खिड़की में से नए महल को देखती रही, जिसके चप्पे-चप्पे पर फरहाद की अँगुलियों का स्पर्श था। जिस सुलताना की बहन होने का उसे गर्व था, आज पहली बार उसके बारे में उसे खयाल आया—'महमन, कहीं मैं तुम्हारी बहन न होती...फरहाद...'

फरहाद उस समय सुलताना के सामने खड़ा था। सुलताना ने बाँदी को वहाँ से जाने का हुक्म दिया और फरहाद को अपने सामने बैठने के लिए कहा। फिर उसने उसके काम की प्रशंसा की। फरहाद ने धन्यवाद किया। सुलताना ने उसकी सुन्दरता की प्रशंसा की, उसके चट्टान-जैसे शरीर की प्रशंसा की, उसके नक्शों की तराश की प्रशंसा की।

फरहाद की याद में शीरी का चेहरा चमक उठा, और फिर वह जैसे उसकी यादों में खो गया। उसकी वह हालत देखकर सुलताना को गुस्सा आया।

"फरहाद, इस नकाब की वजह से मेरे होंठ तुम्हें दिखाई नहीं देते, पर मेरे लफ्ज तो तुम्हें सुनाई दे रहे हैं।"

फरहाद को अपनी उस हालत पर शर्म आई, और माफी माँगते हुए उसने कहा—

"यह किस्मत पहले कभी मुझे मिली नहीं, और मैं इसे अपनी न समझ सका—आपके दोहराने पर मुझे होश आई है, पूरे दिल के शुक्रिए से मैं सुलताना की कदमबोसी के फख्र के लिए इल्तजा करता हूँ।"

महमन बानो का हाथ कई बार नकाब की ओर बढ़ा, पर हर बार किसी डर से उसे रोक दिया।

"नहीं फरहाद, कदमबोसी नहीं..." उसने फरहाद को बैठने का इशारा किया, जो उसकी कदमबोसी करने के लिए उठा था।

सुलताना के दिल में एक संघर्ष हो रहा था। उसके दिल की बात उसके होंठों तक आ गई, उसे कहने के लिए वह शब्द ढूँढ़ने लगी। वह यह आशा नहीं कर सकती थी कि फरहाद उसका चुनाव करेगा, पर उसे वह खुद तो चुन सकती थी—बशर्ते कि वह मान जाए। पर मानेगा क्यों नहीं? वह सुलताना ही नहीं, सुन्दर भी थी। उस समय शीरी उसे अपने-जैसी सुन्दर नहीं दिखाई दे रही थी। आह, उसका नकाब। उसे वह उतार नहीं सकती थी, पर दिल पर का नकाब उतार देना तो उसके बस की बात थी।

"ओ लासानी फरहाद—जो महल तुमने सजाया है, वह तुम्हारा हो सकता है, उसे 'कसरे शीरी' नहीं, 'कसरे महमनो-फरहाद' कहा जाएगा। मैं तुम्हें अपना चेहरा नहीं दिखा सकती, पर मेरा दिल तुम देख सकते हो। सो 'हाँ' कह दो, और हमेशा के लिए मेरे बन जाओ। अपने और मेरे दोनों के दुख दूर कर दो।" तभी उसने आगे बढ़कर फरहाद का हाथ चूम लिया। "तुम्हारी इन अँगुलियों के हर पपोटे में करामात है।"

"मैं अपनी सुलताना को समझ नहीं सका। आप दुनिया के दुख दूर करनेवाली हैं, और मेरे हुनर ने मेरी जिन्दगी एक इबारत बना दी है—इबारत, रंगों के मेल की, लकीरों के जादू की, हुस्न की खुदाई की!" उस समय फरहाद गर्दन झुकाए फर्श की ओर देख रहा था।

"क्या मैं हसीन नहीं हूँ, फरहाद? क्या तुम मेरी तरफ देख नहीं रहे हो?"

"सुलताना का हुस्न जमाने की कहानी है, पर मैं सोच रहा था कि आपकी कौन-सी मुसीबत मैं दूर कर सकता हूँ, जिसकी बदौलत आप दुखी हो रही हैं।"

"मेरी मुसीबत यह नकाब है, जो तुम्हारी नजर मेरे चेहरे पर पड़ने नहीं दे रहा। तुम्हारी मुसीबत है, दूसरों के महल सजाने की मजबूरी। सो मेरी बात कबूल करो और अपना हाथ मेरी तरफ बढ़ाओ।"

फरहाद ने दोनों हाथ पीठ के पीछे कर लिये और घुटनों के बल बैठकर उसने सिर झुका लिया।

"सुलताना सलामत, मुझे बख्श दो, इस इज्जत के लायक मैं नहीं हूँ। जो फरहाद आपको पसन्द आया है, उसे सुलतानियत निगल जाएगी। नकाब की मुसीबत खत्म होगी, पर गलत चुनाव की मुसीबत रूह को तड़पाएगी।"

"तुम अपनी सुलताना की तौहीन कर रहे हो।" उस समय महमन गुस्से में नहीं थी, बल्कि अपने प्यार-भरे अन्दाज का असर देख रही थी।

"तौहीन तो मैं अपनी सुलताना के दरवाजे के कुत्ते की भी नहीं कर सकता, पर—पर फरहाद के किसी हिस्से में भी सुलताना की बनावट नहीं है। आपका हुक्म मान लेना आपकी शाहाना और अपनी मुसब्बराना, दोनों तकदीरों से बेवफाई करना होगा।"

अब सुलताना क्रोधित हो उठी। सोचने के लिए दो दिन की और मोहलत देकर उसने फरहाद को चेतावनी दी कि उसका जो अपमान हुआ है, उसका नतीजा अच्छा नहीं निकलेगा।

शीरी को पता लगा कि सुलताना ने फरहाद को बुलाया था। वह बहुत तिलमिलाई। 'वह सुलताना है—वह फरहाद को मना लेगी—मजबूर करेगी—देशनिकाला दे देगी...ओ फरहाद...ओ फरहाद...तुमने क्यों इस तरह मेरी तरफ देखा था—सारे जहान ने मेरी आँखों में देखा था—मैं जवान होकर भी अल्हड़ शीरी बनी रही—हर किसी को मैं खुश कर सकती थी—रात को बेसुध होकर सो जाती थी—तुमने क्यों मेरी तरफ इस तरह देखा—अब मैं न अल्हड़ रही हूँ, न मैं सो सकती हूँ।'

और शीरी के अन्दर कोई खतरा जागा। शाही महल के सब कायदे-कानून भुलाकर वह एक बाँदी के साथ 'कसरे शीरी' की ओर चल दी। वह सीधे फरहाद के पास गई, जो उसके शयनकक्ष में कोई चित्र बना रहा था।

"यह तस्वीर क्यों? सुलताना नाराज होगी।" उस चित्र में अपनी सुन्दरता को देखकर शीरी सहन न कर पाई।

"इस महल में और सब कुछ मैंने अपनी समझदारी से बनाया है, पर यह तसवीर खुद-ब-खुद मुझसे बन गई है। पर सुलताना के देखने से पहले मैं इसे

अपने दिल में छिपा लूँगा, बशर्ते कि आप मेरे साथ नाराज न हों।" उस समय फरहाद फर्श की ओर नहीं, शीरी की आँखों में झाँक रहा था।

शीरी ने बाँदी की ओर देखा। बाँदी कमरे से बाहर चली गई। शीरी ने फरहाद के गले में बाँहें डाल दीं।

एक क्षण के लिए समय की घड़ी रुक गई। दो दिलों के मिलन के स्वर्ग में संसार जैसे खो गया।

आखिर बाँहें खुलीं। वही संसार फिर से दिखाई देने लगा। शीरी के खुशी-भरे दिल में उदासी घुलने लगी।

"फरहाद, ओ फरहाद! मैं इस पिंजरे का परिन्दा नहीं हूँ। तोड़ डालो इसकी सलाखों को, और मुझे उड़ाकर ले चलो आसमान में, जिसमें घूमने का इश्क मेरे अंग-अंग में बगावत पैदा कर रहा है।"

दूसरे दिन महमन बानो के अंग-अंग में ईर्ष्या की आग भड़कने लगी। शहर में तरह-तरह की बातें हो रही थीं—"फरहाद शीरी के ही लायक था"..."पर वे जाएँगे कहाँ?..." कोई सुलताना के गुस्से के खयाल से हाथ मलता था।

सुलताना ने अपने बड़े वजीर को बुलाकर शोक प्रकट किया कि शाही घराने को कलंक लग गया है, और चाहा कि जैसे भी हो शीरी और फरहाद को जल्दी-से-जल्दी पकड़ लिया जाए।

सैकड़ों घुड़सवार चारों ओर रवाना हो गए। लोग नाराज भी थे—"फरहाद को इस तरह करना नहीं चाहिए था।" पर वे यह भी देखना नहीं चाहते थे कि फरहाद-जैसा कलाकार और सुन्दर व्यक्ति इस कसूर के बदले में कुर्बान कर दिया जाए। सुलताना को अभी भी आशा थी कि वह फरहाद का दिल जीत लेगी। उसने बड़े वजीर से कहा कि न शीरी और न फरहाद को किसी किस्म का नुकसान पहुँचे, न ही उनका अपमान हो, बस उन्हें एक-दूसरे से अलग करके उसके पास पहुँचा दिया जाए।

शीरी के लिए यह अनुभव बड़ा विचित्र था। अपनी आत्मा का साथी उसे

मिल गया, पर उसका शरीर चोर बन गया। उसकी खोज होने लगी। फौज हर घर की तलाशी लेने लगी।

लोगों के दिल और दरवाजे इन दो लाजवाब आशिकों के लिए खुले हुए थे। कई हफ्तों तक फौज को शीरी और फरहाद का कुछ पता नहीं लग सका। जिस गाँव में भी वे चले जाते, जैसे कोई चाँद चढ़ जाता, असफल प्रेमियों के प्रेम की बुझी हुई राख में से भी एक बार तो सेंक उठने लगता। युवतियाँ बड़े चाव से शीरी के बाल सँवारतीं, उसके हाथों पर मेहँदी लगातीं। एक युवती ने उसके साथ अपने कपड़े बदल लिये, और उसके कपड़े किसी खास मौके के लिए सँभालकर रख दिए।

शीरी को अपनी और फरहाद की दुनिया में कितना बड़ा फर्क दिखाई दिया। फरहाद की दुनिया के लोगों के कपड़े फटे हुए थे, पर उनके शरीरों में किसी प्रकार की कमी नहीं थी। उनके रंग में सूरज की-सी चमक थी। अपनी दुनिया में शीरी ने किसी का नंगा शरीर नहीं देखा था। यह कैसी नजर थी, गाँवों की जवान लड़कियों की। यह कैसी प्रशंसा भरी हुई थी युवकों की आँखों में। कितने खाली थे उनके घर, पर कितने भरे हुए थे उनके दिल। कितना अभाव था खाने-पीने की चीजों का, पर कितनी बड़ी थी उनकी चाह—खाने की चाह, खिलाने की चाह, सुन्दरता और प्यार की चाह किसी दूसरे के काम आने की चाह!

"ओ फरहाद, कितने मीठे हो तुम, कितनी मीठी है तुम्हारी दुनिया!" शीरी का दिल खुशी से छलक रहा था।

पर शीरी की दुनिया ने फरहाद की दुनिया पर हमला किया हुआ था—गिरफ्तारियाँ हो रही थीं, लोगों को तंग किया जा रहा था।

फौज शीरी और फरहाद का कभी भी पता न लगा पाती, अगर कहीं वे कुछ कम सुन्दर होते। उनकी सुन्दरता तो जैसे सौ पर्दे फाड़कर बाहर झाँक रही थी।

आखिर उस सुन्दरता पर एक फौजी की नजर पड़ ही गई। शीरी और फरहाद पकड़े गए।

शीरी की आँखों में कोई गम नहीं था। जो कुछ उसने देख लिया था, वह फाँसी या उम्रकैद से भी महँगा था। उसे महल में ही कैद कर दिया गया। महल के चारों ओर पहरा लगा दिया गया।

सुलताना ने फरहाद को अपनी हाजिरी में बुलाया। उस समय वहाँ वह अकेली ही थी। उसके चेहरे पर कोई सख्त लकीर नहीं थी। उसकी आत्मा अपनी पराजय की हार में जैसे मोम बनकर पिघली हुई थी।

"फरहाद, मेरी आँखों पर कोई नकाब नहीं है। एक बार इनमें झाँककर देखो।"

"सुलताना की आँखों में झाँकने की मुझमें ताब नहीं है।"

यह सुनते ही सुलताना की आँखों का भाव बदला।

"झूठ! बिलकुल झूठ! तुम मेरी तरफ इसलिए नहीं देख रहे क्योंकि तुम शीरी की आँखों में झाँक चुके हो। पर याद रखो, अगर तुमने मेरे दिल की ख्वाहिश पूरी नहीं की तो मैं तुम्हें ऐसी हालत में रखूँगी कि तुम हमेशा शीरी के लिए तरसते रहोगे, और उसकी हवा तक भी तुम्हें छू नहीं सकेगी।...सोचो, फरहाद, अपनी तरफ सोचो, इस बारे में।" और सुलताना की आवाज फिर नरम पड़ गई।

"अगर सुलताना मुझे शीरी नहीं दे सकेगी तो हुजूर के हुक्म पर आसमान को जमीन के साथ मिला देने की ताकत मेरे इन हाथों में है..." फरहाद ने पहली बार सुलताना की आँखों में झाँका। और वे आँखें-जैसे पिघल गईं।

"फरहाद—हसीन फरहाद—तुम मेरे साथ शादी करना कबूल कर लो, फिर शीरी भी मैं तुम्हें दे दूँगी—मैं इकरार करती हूँ।"

फरहाद की आँखें फिर झुक गईं।

"इसे मैं सुलताना और शीरी दोनों की तौहीन समझता हूँ। मैं मुसव्वर हूँ, आशिक हूँ, और किसी की तौहीन करना मेरी फितरत में नहीं है।"

सुलताना भड़क उठी।

"तुम न मुसव्वर हो, न आशिक हो, तुम संगदिल हो—हाँ, पत्थर का दिल है तुम्हारा!...खैर, तो मैं देखूँगी आसमान को जमीन से मिलानेवाली तुम्हारी खुदाई।...

हमारा शहर तप रहा है, बाग सूख गए हैं, दो साल से बारिश नहीं हुई है। यहाँ से लगभग एक मील की दूरी पर तुम्हारे-जैसे सख्त दिलवाले एक पहाड़ ने लोगों के आबेहयात को रोका हुआ है। जाओ, उस पहाड़ में से नहर निकालकर लाओ। मेरे शहर में पानी ला दो तो मैं शीरी तुम्हें दे दूँगी। है इतनी हिम्मत? बोलो!"

फरहाद ने माथे पर हाथ रखा और कुछ क्षण सोचने के बाद बोला—

"मुझे मंजूर है, मेरी सुलताना। आपका हुक्म मेरे सिर-माथे पर है, और मेरे दिल में शीरी को जीतने की उम्मीद है। मेरे अन्दर से कोई ताकत मुझे कुछ कह रही है, मेरी बात का हुँकारा भर रही है। सो इजाजत दीजिए मुझे, मैं अपना तेशा ले आऊँ।"

सारे शहर में फरहाद के लिए सहानुभूति की एक लहर दौड़ गई, पर सुलताना के इस हुक्म का लोगों ने फरहाद के लिए देशनिकाला ही समझा। नहर खोदने के पहले वह शहर में नहीं आ सकता था। लोगों ने उन देवों की कहानियाँ सुनी थीं, जिन्होंने पहाड़ खोदे थे, पर उन्हें कभी देखा नहीं था। कई लड़कियाँ सुनकर रोने लगीं। कई नौजवान फरहाद के साथ जाने के लिए तैयार हो गए। पर उन्हें जाने की इजाजत नहीं मिली।

हाथ में हथौड़ा पकड़े और कन्धे पर तेशा रखे, आशिकों का सुलतान, फरहाद, शीरी के महल को सलाम करके तेज कदमों से उस पहाड़ की ओर चल दिया। नदी के चट्टानी किनारे पर पहुँचकर उसने उस इलाके का निरीक्षण किया, और फिर काम में लग गया। उसके तेशे और हथौड़े की ठक-ठक सारे शहर की जिन्दगी का एक हिस्सा बन गई। ठक-ठक शुरू होते ही लोग भी अपने-अपने काम में लग जाते, ठक-ठक बन्द होने पर दीये जलाते। शीरी सुबह-शाम दुआएँ करती। फरहाद की ठक-ठक उसके जीवन का गीत बन गई। पहरेदारों पर उस महान इश्क का असर होने से न रहा। उनके दिलों में दर्द जागा, और वे शीरी का सन्देश फरहाद को दे आए—

"तुम्हारी शीरी तुम्हारा इन्तजार करेगी, तुम्हारे तेशे के नीचे चट्टान को अपने आँसुओं से गीला करेगी, शाम को तुम्हारा काम खत्म होने पर तुम्हारे लिए गीत

गुनगुनाएगी, रात को ख्वाब बनकर तुम्हारी नींद में आएगी। लोग इस बात को अनहोनी मानते हैं, पर मैं अपने फरहाद को जानती हूँ और मुझे यकीन है कि नहर निकलकर शहर में आएगी, और लोग सरशार होंगे। फिर तुम्हारी शीरी को कोई तुमसे अलग नहीं कर सकेगा।...तब तक मैं तुम्हारा इन्तजार करूँगी।"

फरहाद को यह सन्देश मिलने के बाद आधी-आधी रात तक तेशे-हथौड़े की आवाज सुनाई देने लगी। पर चित्रकार की किस्मत पत्थर के साथ संघर्ष करने लगी थी। दस वर्ष तक पहाड़ टूटता रहा, पर नहर अभी दूसरे सिरे तक नहीं पहुँच पाई थी।

शीरी के सब्र में कोई फर्क नहीं आया, पर महमन बानो के दिल में एक ऐसा पश्चात्ताप था कि उसे चैन नहीं था। उसने फरहाद को शीरी से दूर तो जरूर कर दिया, पर खुद भी उसकी याद में तड़पने लगी। फरहाद की-सी सुन्दरता किसी और व्यक्ति में दिखाई नहीं देती थी। सुलताना की आँखों की प्यास दिन-प्रतिदिन भड़कती जा रही थी। वह कई बार काम देखने के बहाने फरहाद के पास जाती। पर फरहाद उससे उस तरह पेश न आता, जिस तरह वह चाहती थी। वहाँ से लौटने पर सुलताना की बेचैनी और बढ़ गई होती।

फरहाद को जीवन में से निकालकर और शीरी को कैद करके सुलताना को जीना बोझिल प्रतीत होने लगा। फिर उम्र के बीते हुए वर्षों ने उसे जैसे चेतावनी दी कि अब उसके नक्शों के जादू का असर खत्म होनेवाला था।

एक दिन काफी सोच-विचार के बाद सुलताना ने शीरी को बुलाकर कहा कि अगर वह फरहाद को पहाड़ तोड़ने से हटाकर वापस ले आए तो वह उसका कसूर माफ कर देगी, और फिर उन दोनों को शादी करने की इजाजत दे देगी।

शीरी की आँखों के आगे से अन्धकार हट गया। प्रकाश दिखाई देने लगा। पहरे हटा दिए गए, दरवाजे खुल गए, और शीरी फरहाद के पास पहुँच गई।

फरहाद के कपड़े फटे हुए थे। उसके चेहरे पर धूल थी और आँखों में अकेलेपन की उदासी। उसके हाथ फटे हुए थे, पाँव जख्मी थे, और बाल बिखरे हुए। और उसका तेशा और हथौड़ा लगातार पहाड़ को तोड़े जा रहे थे।

"फरहाद! फरहाद! फरहाद!"

तेशा रुक गया। आँखों में कोई चमक आई, पर बाँहों में मिलने के लिए कोई जल्दी नहीं थी। धूल-भरी आँखों ने पूछा—

"शीरी कैसे आई है? मेरा काम तो अभी खत्म नहीं हुआ है।"

"शीरी फरहाद को लेने आई है।"

"पर जब तक फरहाद पहाड़ में से रास्ता नहीं बना लेता, तब तक वह यहाँ से जा नहीं सकेगा।"

"सुलताना ने हम दोनों की शादी की इजाजत दे दी है।" शीरी ने गलत सोचा था कि यह सुनते ही फरहाद अपने हाथ में पकड़ा हुआ तेशा फेंक देगा और उसके हाथों को अपने हाथों में ले लेगा।

"नहीं शीरी, अब यह इजाजत मैं सुलताना से नहीं लूँगा। यह नहर मैं सुलताना के लिए नहीं बल्कि लोगों के लिए खोद रहा हूँ। पानी की कमी सुलताना को नहीं, मेरे लोगों को है। लोगों की खिदमत में मुझे वही मजा आया है, जो तुम्हारे इश्क में आया था। इस नहर में पानी को बहते हुए देखने की मेरी ख्वाहिश उतनी ही जोरदार हो गई है, जितनी तुम्हारे सीने को अपने सीने के साथ धड़कते हुए सुनने की ख्वाहिश। और शीरी, यह दोनों ख्वाहिशें पूरी होंगी। शीरी अब लोगों की बेटी बन गई है, वह सिर्फ सुलतान सलीम की बेटी नहीं रही। अपनी खिदमत के बदले में मैं लोगों से शीरी को माँग लूँगा।"

शीरी किसी तरह भी फरहाद के पहाड़-जैसे अटल फैसले को तोड़ नहीं सकी। आखिर निराश होकर लौट आई।

दो साल और बीत गए। इन दो सालों में पिछले पाँच सालों से ज्यादा काम हुआ। लोग कहते थे कि सचमुच आसमान जमीन से मिलनेवाला था। अगर सुलताना चाहती तो सौ नौजवान वहाँ भेजकर बाकी बचे हुए पहाड़ को तुड़वा डालती।

पर सुलताना को तो अब यह चिन्ता लगी हुई थी कि नहर बन गई तो क्या होगा। पानी शहर में आ जाएगा तो लोग फरहाद को सिर पर उठा लेंगे, और

शीरी उसकी हो जाएगी। फिर उसके बच्चे होंगे, उन्हीं में से कोई सुलतान बनेगा। बदनसीब महमन न खुद फरहाद को पा सकी, न शीरी से उसे छीन सकी...

उसके दिल में पीड़ा उठने लगी। उसका रोग हकीमों के बस की बात नहीं था। किसी ने एक स्त्री का पता बताया जो बड़ी पवित्र समझी जाती थी और जिसने कभी मर्द का चेहरा नहीं देखा था। उसने सारी जिन्दगी परहेज और नमाज में बिताई थी। उसके बारे में मशहूर था कि उसने बहुत-से लोगों के रहस्य भरे रोग दूर कर दिए थे। सुलताना ने भी उसे बुलाया और अपने दिल की बेकरारी का जिक्र किया।

"कौन कह सकता था कि फरहाद पहाड़ में से रास्ता बना लेगा, पर जब मुझे लगा कि यह बात मुमकिन होनेवाली है तो मैंने शीरी को उसके पास भेजा। पर फरहाद बड़ा मगरूर है, वह मेरी तरफ देखता भी नहीं। वह अपनी खिदमत के इनाम में लोगों से शीरी हासिल करने का ख्वाब देख रहा है। तब मैं किस मुँह से लोगों के सामने हूँगी?"

उस स्त्री ने सुलताना को गहरी सहानुभूति दिखाते हुए भरोसा दिलाया—

"अपनी सुलताना को मैं फरहाद तो दिला नहीं सकती, पर शीरी से फरहाद छीन जरूर सकती हूँ। इस बात का आप भरोसा रखें।"

इसके बाद वह कोई दुआ पढ़ती हुई वहाँ से चली गई। सुलताना बिस्तर से उठकर बैठ गई।

आज लोगों के चाव का सागर लहरा रहा था। 'कोहकन ने कोह तोड़ डाला।' हर कोई कह रहा था। बस एक और नया चाँद चढ़ने की देर है कि अरजन शहर के सूखे-मुरझाए हुए पेड़-पौधों को उस नदी का पानी चूमने लगेगा, जो सदियों से लोगों की जरूरतों से विमुख होकर अपनी ही दिशा में बदलती जा रही थी। लोगों के एक बहादुर बेटे ने उसका मुँह मोड़ दिया है।

शर्त थी कि फरहाद अकेला ही पहाड़ में से नहर खोदेगा। उसके बाद शहर तक की नहर खुद लोगों ने खोद ली। अरजन में कोई नई जिन्दगी आ गई थी। लोगों ने अपने घर साफ कर लिये, कपड़े धो लिये, और सब तैयारियाँ कर लीं।

आज फरहाद ने पहाड़ का आखिरी हिस्सा तोड़ डाला था। नदी का पानी तेजी से नहर में बहने लगा। फरहाद ने तेशे को चूमा, हथौड़े को चूमा, और फिर सजदा किया।

लोग खबर देने के लिए शहर की ओर दौड़े।

फरहाद कपड़े झाड़-पोंछकर और सिर पर पगड़ी बाँधकर नहर के किनारे-किनारे चल दिया। लोग इतने खुश थे कि उससे पहले शहर में पहुँच जाना चाहते थे। अब फरहाद अकेला ही जा रहा था। कुछ आगे जाने पर उसने देखा कि एक स्त्री शहर की ओर से उधर आ रही थी। उसके कदमों में तेजी थी। वह कुछ बोल भी रही थी, जैसे कोई प्रार्थना कर रही हो। जब वह फरहाद के पास पहुँची तो उसने चीखकर उसे गले से लगा लिया। उसकी साँस उखड़ी हुई थी।

फरहाद को अपनी खुशी भूल गई। स्त्री का दुख उसका अपना दुख बन गया। उसने पूछा कि वह उसकी क्या खिदमत कर सकता है।

"बेटा, तुम मेरी क्या खिदमत करोगे? बहुत बुरा हुआ है, शादीखाना मातमकदा बन गया है। मैं हमेशा के लिए यह शहर छोड़कर जा रही हूँ।"

"आखिर क्या बात है?"

"बहुत सितम हुआ! सुलताना अपनी बहन की खुशकिस्मती सहार नहीं सकी है।" उस समय उसके नमाजी चेहरे पर गुस्सा चमका।

"क्या, माँ, सुलताना को क्या हो गया है? वैसे उनकी बीमारी की खबर मुझ तक पहुँची थी।"

"उस सितमगर औरत को क्या होना था? उसने...उसने..."

"क्या हुआ है उन्हें?"

स्त्री ने रोते हुए कहा, "शीरी को...उसने...कत्ल...कत्ल कर दिया है।" और उसी समय वह बेहोश होकर फरहाद के कदमों में गिर पड़ी।

"ओ शीरी—मेरी शीरी।" फरहाद के मुँह से निकला और उसी समय वह नहर के किनारे की ओर बढ़ा। दूसरे ही क्षण उसने तेशा उठाकर अपने माथे में दे मारा। नहर का पानी खून से लाल हो गया।

स्त्री जल्दी से उठी और उसने नहर के पानी में जैसे किसी चीज को डूबते हुए देखा। पाँच मिनट तक वह चीज पानी में से ऊपर नहीं आई। 'पत्थर की तरह ही डूब गया है', स्त्री ने सोचा। तभी वह रोती-चीखती हुई शहर की ओर भाग उठी : 'बचाओ। बचाओ कोई।'

बहुत-से लोग भागे हुए आए। जब उन्होंने फरहाद के बारे में खबर सुनी तो वे अपनी सुध-बुध भूल गए। कोई फरहाद की ओर भागा, कोई शहर की ओर।

शीरी तक भी खबर पहुँच गई कि फरहाद खुशी के शिखर पर पहुँचकर चकरा गया था, पागल हो गया था, और नहर में छलाँग लगाकर डूब गया था।

शीरी ने न कुछ पूछा, न किसी की सलाह ली। वह जैसे पागल बनकर नहर की ओर भाग उठी। रास्ते में उसे वही स्त्री दिखाई दी जो बड़ी पवित्र समझी जाती थी। शीरी सब कुछ समझ गई। उसने उसे गर्दन से पकड़ लिया और खींचती हुई मौके की जगह पर ले गई।

महमन बानो फरहाद के बहने की खबर सुनकर तड़प उठी। यह सब उसने नहीं चाहा था। और जब वह मौके पर पहुँची तो शीरी उस स्त्री का गला दबोचे उसे धमका रही थी—

"अब इन हाथों में से कोई तुम्हें छुड़ा नहीं सकता। पर अगर सच्ची बात बता दो तो तुम्हारे जीने-मरने में मेरी कोई दिलचस्पी नहीं रहेगी। मैं तुम्हें छोड़ दूँगी।"

सुलतान ने इतना कहने का साहस कर लिया—"शीरी, तुम फिक्र न करो, मैं खुद सारी बात का पता लगाती हूँ।"

"अब बहन, तुम मुझे कुछ न कहो। मैं किसी का हुक्म मानने के लिए मजबूर नहीं हूँ। मेरे दिन खत्म हो गए हैं। इस सच्चाई का मैं इस बुढ़िया से खुद पता लगाऊँगी। बोल डायन!" शीरी के गुस्से को देखकर वह स्त्री काँप उठी।

उसने सारी कहानी कह सुनाई। शीरी ने उसे छोड़ दिया। तभी महमन ने उसका गला दबोच लिया। "डायन, मैंने कब तुमसे यह करने को कहा था?"

"बहन, अपनी सफाई देने की तकलीफ न करो," शीरी ने उससे कहा, "अब मेरा गुस्सा न तुम पर है, न इस पर है। सिर्फ यही बात साफ करना

चाहती थी कि मेरे फरहाद का सिर नहीं चकराया। आखिरी दम तक वह लोगों का और मेरा सेहतमन्द फरहाद रहा है।"

और शीरी ने भी किनारे पर खड़ी होकर कटार निकाली और अपनी छाती में घोंप ली। उसके मुँह से 'फरहाद' सुनाई दिया और नहर के पानी में से बुलबुले उठने लगे।

सुलताना ने अपने बाल खोलकर गले में डाल लिये और आह भरकर लोगों से कहा—

"मैं सिर्फ एक बात कहना चाहूँगी कि यह जो कुछ हुआ है मेरी मर्जी से नहीं हुआ। फरहाद के साथ शीरी की शादी को मैं गवारा नहीं कर सकती थी। इस बुढ़िया की पाकीजगी ने मुझे अपने जाल में फँसा लिया। इसने कहा था कि यह शीरी के साथ फरहाद की शादी रोक देगी। मैंने पूछा नहीं कि कैसे शीरी या फरहाद में से किसी का भी मेरी दुनिया में से निकल जाना उनकी शादी के मुकाबले में मेरे लिए कहीं दुखदायी है। इस नामुराद औरत ने मेरी दुनिया वीरान कर दी है..."

बड़े वजीर ने लोगों को याद कराया कि कैसे सुलताना ने दोनों की गिरफ्तारी का हुक्म देते हुए ताकीद की थी कि किसी को भी कोई नुकसान न पहुँचे, किसी की भी तौहीन न हो। फिर उसने याद कराया कि शीरी की बीमारी के दिनों में सुलताना ने उसके लिए कितनी बड़ी कुर्बानी की थी।

शीरी न रही, फरहाद न रहा, महमन बानो के बिना राजगद्दी एकदम सूनी हो जाएगी—लोग सोच रहे थे।

और लोगों ने दोनों आशिकों की लाशें निकालीं और 'कैसर शीरी' के महल ले जाकर उन्हें एक कब्र में दफना दिया, जो कब्र शीरी और फरहाद के नाम से आज तक दुनिया के आशिकों की जियारतगाह है।